Rote Krimi

WILLIAM H. HALLAHAN
Der vierte Mann
THE DEAD OF WINTER

Kriminalroman

Wilhelm Goldmann Verlag

Aus dem Amerikanischen übertragen von Mechtild Sandberg
Herausgegeben von Friedrich A. Hofschuster

Die Hauptpersonen

Vincent Reece	Buchhalter
Dan Lyons	Marktforscher
Roger Basche	Vertreter
Joseph Tyler	Philosophielehrer
John Fleagle	Anatom
Charlie Ha Ha	Geschäftsmann
Anthony Pell	Unternehmer
Teresa Raphael	Witwe

Der Roman spielt in New York

Made in Germany · 3/85 · 1. Auflage · 118
© der Originalausgabe 1972 by William H. Hallahan
© der deutschsprachigen Ausgabe 1985
by Wilhelm Goldmann Verlag, München
Dieser Band ist bereits unter der Nummer 4339 bei Goldmann erschienen
Umschlagentwurf: Design Team München
Umschlagfoto: Richard Canntown, Stuttgart
Druck: Elsnerdruck GmbH, Berlin
Krimi 4973
Lektorat: AB · Herstellung: Gisela Ernst
ISBN 3-442-04973-3

1

Er erwachte. Plötzlich. Voller Angst.

Er hob den Kopf aus dem gepolsterten Sessel und blickte sich im dunklen Zimmer um. Schnee – schwerer Schnee – prallte gegen die beiden Fenster seiner Souterrainwohnung, wurde von dünner, kalter Luft durch das Fenstergitter gedrückt. Schwarze Schneeschatten, von der Straßenlampe geworfen, glitten die Scheiben hinunter. Und über den Teppich.

Etwas Unheilvolles. Etwas Unerklärliches, das ihn warnte. Er ließ sich eilig von dem Polstersessel fallen, rollte auf den Boden und kroch in die dunkle Ecke neben der Wohnungstür, weg vom bleichen Licht der Straßenlampe.

Die alte Uhr in ihrem Holzgehäuse tickte unerbittlich. 3.40 Uhr. Noch anderthalb Stunden. Unter dem Fenster hoben sich massig seine Koffer ab.

Seine Augen befanden sich genau auf der Höhe des Bürgersteigs. Er spähte angespannt durch das Gitter, durch das schmiedeeiserne Geländer dahinter, durch die dicht fallenden Flocken zur Straße.

Die Straße wurde langsam ganz vom Schnee überdeckt.

Dann erlosch die Straßenlampe. Plötzlich und geräuschlos.

Er kroch hastig zum Fenster und drückte sich an die Wand. Formlose Schwärze stieg langsam über das Geländer und zu seinem Fenster hinauf. Eine Gestalt? Ein Geist? Eine Rauchwolke? Vor seinem Fenster.

Das Mündungsfeuer schoß im selben Moment auf, als die Fensterscheibe splitterte und die Bettcouch unter Schrothagel ächzte. Ein widerlicher Geruch nach Schießpulver wälzte sich mit der eisigen Luft ins Zimmer. Der zweite Schuß war lauter, ohrenbetäubend. Unmittelbar über seinem Kopf. Schrotkörner klirrten im Zimmer, wühlten die Couch auf, zerbröselten den Putz der Wände.

Mit einem scharfen, metallischen Knacken öffnete der Schütze seine Flinte, nahm die leeren Hülsen heraus, lud neu.

Der Schütze feuerte wieder. Aus der Flinte jagte eine neue Ladung in die Couch, wühlte sie zu einem wogenden Meer von Baumwollwatte auf. Er preßte sich verzweifelt an die Wand und kämpfte gegen das beinahe unwiderstehliche Bedürfnis zu husten an.

Der Schütze befand sich unmittelbar oberhalb seines Kopfes außerhalb der Vergitterung. Schnee wehte ins Zimmer, fiel auf ihn, durchkühlte ihn, legte sich beißend auf seine bloßen Füße. Er hörte, wie eine behandschuhte Hand eine Stange des Gitters umfaßte. Augen mußten jetzt das Zimmer durchschweifen, die blutüberströmte, in Fetzen gerissene Leiche auf der Couch suchen.

Er sagte ein stummes Gebet, während er am ganzen Körper zitterte und darauf wartete, daß ihm ein neuerlicher Schuß den Kopf zerfetzte.

Weg. Der Schütze war weg, verschwunden über das Geländer. Der Klang seiner Schritte, die im Schnee knirschten, wurde leiser. Die Welt war erfüllt vom weichen, schwebenden Fall der Schneeflocken – und von dem majestätischen Ticken der Uhr.

Er hockte in der Dunkelheit und wartete – wartete, bis die Uhr die Viertelstunde schlug. Er zitterte, und ihm war immer noch übel von der entsetzlichen Angst. Er spürte, wie der Schnee auf kalter Luft ins Zimmer trieb.

Er stand auf und spähte aus der Dunkelheit auf die Straße hinaus. Die Fußabdrücke waren bleiche, graue Flecken im klaren, weißen Schnee in einer phosphoreszierenden weißen Welt, die von einer fernen Straßenlampe erleuchtet wurde. Fußabdrücke, die zu seinem Fenster führten und wieder weg von ihm.

Er ging zum Telefon. Flüchtig riß er ein Streichholz an und wählte im Licht des Flämmchens. Er hörte es läuten. Und läuten. Und wieder läuten. Fünfmal.

»Hallo.«
»Du hast gefehlt.«
»Sie?«
»Jetzt bin ich an der Reihe. Geh nicht weg.«
»Wie?«
Er legte auf.

2

Der Schmerz in seinem Arm weckte ihn. Doch der plötzliche Schmerz in seinen Augäpfeln veranlaßte ihn, die Augen wieder zu schließen. Und der Schmerz im Genick hinderte ihn daran, seinen Kopf zu drehen.

Ein Kater? Kein Kater. Mit der linken Hand zog Lyons den schmerzenden rechten Arm auf seinen Oberkörper. Qualvoll aus schmerzenden Augen blinzelnd, musterte er die Beuge des Arms. Ein großer, runder roter Fleck mit einem dunkelroten Loch in der Mitte.

Der Einstich einer Injektionsnadel in seinem Arm. Erschreckt – heftig erschreckt – wälzte sich Lyons auf die Seite und versuchte aufzustehen. Er hatte das Gefühl, sein Kopf müßte zerspringen, und einen Moment lang trieb er in Dunkelheit dahin. Er versuchte es noch einmal und setzte sich auf. Rasender Schmerz durchzuckte seinen ganzen Kopf; er stieg vom Genick auf und setzte sich bis hinter seine Augen fort. Sein Magen drehte sich um und wollte sich erbrechen.

Draußen auf der Straße raschelte welkes Laub, von einem kalten Wind gefegt, im Rinnstein. Die Uhr tickte.

Lyons sagte sich, daß er sich übergeben müßte. Er umklammerte seinen schmerzpochenden Arm, kniff die Augen zu und stolperte ins Badezimmer. Dort übergab er sich.

Der Gestank nach Erbrochenem erfüllte den Raum. Jetzt mußte er sich hinlegen. Unbedingt seinen Kopf entlasten, oder er würde sterben. Er legte sich auf den Boden des Badezimmers. Das Erbrochene trocknete auf seinen Zähnen und klebte seine angeschwollene Zunge gegen den Gaumen. Die Fliesen waren kühl unter seinem Kopf. Durst jetzt, überwältigender Durst.

Er wartete darauf, daß seine Kräfte wiederkehren würden. Dann packte er mit der linken Hand eine Faustvoll Haar und zog seinen Kopf hoch, als er aufstand. Sein rechter Arm hing schlaff an seiner Seite.

Er putzte sich die Zähne, wobei er den Kopf auf den Rand des Waschbeckens legte. Dann kehrte er schwankend zu seinem Bett zurück und legte sich wieder hin. Langsam drehte sich das Zimmer um ihn herum, und er hatte das Gefühl, langsam zu kreisen und zu sinken.

Er fuhr hoch und kroch zurück ins Badezimmer. Wieder drehte sich sein leerer Magen um. Er kniete nieder und legte den Kopf auf die kühle Toilette.

Er blickte auf die unglaubliche Verletzung seines Arms. Zwei Fragen hämmerten im Takt mit den dröhnenden Schmerzen auf sein Hirn ein.

Wer hatte ihm die Verletzung beigebracht? Wie waren sie in die verschlossene Wohnung gelangt?

Um zehn Uhr kam Lyons ins Büro. Er ging nur, weil er einen Bericht schreiben mußte und weil er Angst hatte, allein in seiner Wohnung zu sterben. Bis zum Mittag hatte er acht Schmerztabletten genommen. Sein großer Durst war gestillt, und der Schmerz in Kopf und Hals hatte sich zu einem stählernen Druck hinter seinen Augen abgeschwächt. Kurz vor Mittag stellte er fest, daß er seine Augen drehen konnte, ohne umzukippen.

In seinen Ohren klang noch immer ein schwaches Tosen.

Seiner eigenen Schätzung nach hatte er fünf Liter Wasser zu sich genommen.

Mit dem Bericht – einer Marktstudie über den Verkauf von Arbeitshandschuhen über eine Kette selbständiger Großhändler –

hatte er keine Fortschritte gemacht. Sein ganzes Denken war hypnotisch auf den Einstich in seinem Arm fixiert.

Auf seinem Schreibtisch lagen zwei gelbe Zettel. Wer? stand auf dem einen. Warum? auf dem anderen. Einen dritten Zettel hielt er in der Hand und starrte darauf nieder: Wie?

Marsmenschen waren gelandet, hatten mittels molekularer Transferenz sein Zimmer betreten und eine Spritze mit einer auf dem Mars entwickelten Flüssigkeit in seinen Arm gesenkt. Beim nächsten Vollmond würden ihm lange, grüne Ohren wachsen und ...

Dan Lyons ist eine gespaltene Persönlichkeit – ein ausgezeichneter Marktforscher, der seinen Körper mit einem Rauschgiftsüchtigen teilt.

Nein. Somnambulismus. Nein. Ein Geheimgang in dem alten Haus ... Nein. Ganz einfach, in seiner Matraze steckte irgendwo eine Nadel, und als er sich im Schlaf herumgewälzt hatte, hatte sie sich in seinen Arm gebohrt ... Personenverwechslung. Der örtlich zuständige Dealer hatte ihm im Schlaf eine Spritze gegeben, weil er ihn irrtümlich für einen seiner Stammkunden gehalten hatte. Nein.

Das Amerikanische Rote Kreuz hatte dringend einen Liter Blut gebraucht, und Lyons, selbst ahnungslos, besitzt eine ungeheuer seltene Blutgruppe, von der ein Tropfen Millionen Menschenleben retten kann. Sie hatten eine lange Stange mit einer Schlinge durch das Gitter geschoben, die Schlinge um seinen Kopf gelegt, Lyons zum Fenster gezogen, ihm eine Holzhammernarkose verpaßt und dann einen ganzen Liter Blut entnommen.

Als es ein Uhr geworden war, gelangte er zu dem Schluß, daß es keinen vorstellbaren Grund gab, warum jemand das Bedürfnis gehabt haben sollte, in ein verschlossenes und verriegeltes Zimmer einzubrechen und einem Niemand namens Dan Lyons eine Spritze irgendeiner Art zu geben. Er besaß keine großen Geldsummen, hatte keine Erbschaft gemacht, nannte kein wertvolles Familienerbstück sein eigen, hatte keine Feinde, keine beruflichen

Rivalen. Er war keinem Menschen für einen so extravaganten Überfall wichtig genug oder verhaßt genug.

Er fuhr mit dem Aufzug hinunter zur Straße und aß in einem Selbstbedienungsrestaurant einen Teller Suppe. Danach kehrte er in sein Büro zurück. Er fühlte sich jetzt bereit, den Bericht zu schreiben. Es war Freitag nachmittag. Er beschloß, den Pokerabend abzusagen.

Die Abendluft war kühl, und der einsame Mann, der in schnellem Tempo auf der Aschenbahn dahinlief, stieß Dampfwölkchen vor sich her.

Er befand sich in der Zielkurve seiner siebenten Runde, als er den Wagen bemerkte, der auf der anderen Seite der Tribüne geparkt hatte.

Er behielt den Wagen im Auge, als er seine achte und letzte Runde begann. Als er aus der Kurve auf die Gerade kam, beschleunigte er das Tempo, und seine Schritte wurden länger. Er neigte sich in die Gegenkurve, hielt sein Tempo, richtete sich auf, als er in die letzte Gerade einbog, und legte noch etwas Geschwindigkeit zu. An der Zielkurve begann er zu spurten. Seine Beine zitterten, und aus seiner Lunge kam in keuchenden Stößen der Atem, als er die Ziellinie überquerte.

Er sah auf seine Stoppuhr. 11.40. Zwei Meilen. Eine Meile in 5.50. Er blickte wieder auf den Wagen, während er rechnete. Zwei Meilen plus fünf Meilen plus drei plus fünf plus zwei. Siebzehn Meilen in dieser Woche. Es war Freitag.

Eine eiförmige Gestalt stieg aus dem Wagen – ein eiförmiger Kopf auf einem eiförmigen Körper. Der Luftzug vom Hafen her riß am Mantel des Mannes, als er langsam auf den Läufer zuwatschelte.

»Sehr gut«, sagte er mit lauter Stimme. »Sehr gut.«

Er applaudierte ernsthaft mit schwammigen Händen. Der Läufer hielt an, und seine humorlosen Augen blickten dem Mann entgegen. Wortlos wartete er.

»Ich möchte Fleisch bestellen«, sagte der eiförmige Mann. »Wie viele Muskeln, sagten Sie, hat der menschliche Körper?«

»Über sechshundertfünfzig.«

»Sie müssen es ja wissen. Ja. Sie müssen es wissen. Ich möchte etwas Gehacktes, sehr wenig Knorpel und keine Knochen.«

Der Läufer wartete.

»Vergessen Sie nicht. Keine Knochen. Nur etwas Gehacktes.« Der eiförmige Mann blickte auf die Schweißränder am Hals des Baumwollhemds. Dann blickte er auf die harten, muskulösen Beine, auf das feuchte, blonde Haar, das Gesicht und den dampfenden Atem. »Sie werden eine Million Jahre alt werden, Fleagle. Mindestens eine Million.«

Er drückte dem Läufer einen Zettel in die Hand. Dann trottete er langsam zu seinem Wagen zurück, während er den Blick auf einen Frachter gerichtet hielt, der unter der Verrazano Bridge hindurch zur offenen See hinausglitt.

Eine kalte Abenddämmerung legte sich wie eine Glocke über die Welt.

Fleagle blickte auf den Namen und die Adresse auf dem Zettel. Er gestattete sich, vor Überraschung flüchtig den Mund zu verziehen. Dann zerriß er den Zettel sorgfältig in zahllose kleine Fetzen und sah zu, wie sie in der sich verdunkelnden Luft davonflatterten. Sein Atem formte ein kaum sichtbares Wölkchen, als Fleagle die Worte, die auf dem Zettel gestanden hatten, vor sich hin sagte.

Er spürte, wie die abendliche Kühle ihn durchdrang und zog sich eine knallrote Strickmütze über den Kopf. Dann eilte er raschen Schrittes um die Bahn herum, wobei er mit flüchtigem Blick den langsam dahintreibenden Frachter musterte.

Sechshundertfünfzig Muskeln.

Roger Basche legte mit Sorgfalt auf ein Weißschwanzgnu an, und bei einer Entfernung von zweihundertfünfzig Metern und einem Seitenwind von fünf Knoten jagte er seine Kugel unmittelbar vor dem rechten Ohr in den Kopf des Tieres und tötete es augenblicklich.

In der Nische der Bar in der Nähe der Grand Central Station senkte er seine gestikulierenden Arme.

»Der beste Schuß, der mir je gelungen ist«, sagte er zu seinen beiden Zuhörern.

»Roger«, fragte einer der beiden Männer, »haben Sie schon einmal Löwen gejagt?«

»Nein. Löwen nicht. Auch keine Tiger. Aber Pumas. In Mittelamerika. Mit Airedales. Aber afrikanische Löwen nicht.«

Der andere Mann nahm seine Aktentasche von der plastikbezogenen Bank.

»Haben Sie schon einmal auf das gefährlichste aller Raubtiere Jagd gemacht?«

»Den Menschen?«

»Ja.«

»Nur in meiner Eigenschaft als Vertreter.«

Der Mann lachte belustigt auf.

»Und welche Wildart hat Ihnen bisher am meisten zu schaffen gemacht?«

Basche dachte nach. »Meine Pokerpartner.«

Die beiden anderen lachten.

»Doch, wirklich«, beharrte Roger Basche. »Heute abend spiele ich gegen einen Mann, der ein so phantastisches Gedächtnis hat, daß er mir am Schluß jede Karte nennen kann, die ich im Lauf des Abends in der Hand hatte.«

Einer der Männer schüttelte den Kopf und stand auf.

»Abfahrtszeit für alle Papas aus Norwalk.«

Der andere Mann erhob sich ebenfalls.

»Auf Wiedersehen, Roger.«

Roger Basche nickte ihnen zu, schritt dann durch die menschengefüllte Bar zur Kasse und klappte seine Brieftasche auf, die ein Dutzend Kreditkarten enthielt.

Die Kassiererin wählte mit langen Fingernägeln eine aus.

Roger Basche blickte durch die Fenster der Dachbar über Manhattan hinweg zur Verrazano Bridge, wo im letzten Licht ein Frachtschiff durch einen blutroten Hafen stampfte.

Er holte sich seine Aktentasche und seinen Mantel an der Garderobe und ging zu den Aufzügen.

Das gefährlichste aller Raubtiere, dachte er. Interessante Vorstellung.

Die Wand des Klassenzimmers war in stumpfem Grau gestrichen. In der Mitte der Wand befand sich ein Fenster. Die obere Hälfte des Fensters war durch eine dunkelgrüne Jalousie verdeckt. Vom unteren Rand der Jalousie hing eine O-förmige Zugvorrichtung.

Joseph Tyler, Philosophielehrer, blinzelte mit einem Auge durch das O und hatte genau den Frachter im Hafen im Visier.

Er lauschte und nickte.

»Ja«, sagte er zu dem Schüler. »Ja.«

Wieder kniff er ein Auge zu und spähte durch den Ring. Er neigte ein klein wenig den Kopf und hatte wieder das Frachtschiff im Auge, das mit der Flut zur See hinaustrieb.

»Ja«, sagte er wieder.

Der Schüler stand von seinem Platz auf und sammelte seine Bücher ein.

»Danke, Mr. Tyler.«

Joe Tyler nickte. Akne. Das Gesicht des Jungen war von Pikkeln übersät, und doch gebrauchte er Wörter wie Eschatologie mit Kennerschaft.

Joe Tyler visierte durch den Ring der Zugvorrichtung wieder den Hafen an. Der Frachter trieb vor dem Wind mit der Flut im weißsprühenden Wasser. Der Rauch aus seinen Kaminen wurde vom Wind zerfetzt und auseinandergeweht. Tyler fragte sich, ob seine Pokerpartie jeden Freitagabend für einen Philosophen gutes Geistestraining war.

*

Dan Lyons blickte dem Frachtschiff nach.

Um 4.30 Uhr nachmittags war der Schmerz verflogen. Er hatte sechzehn Tabletten genommen. Den Teller Suppe hatte er bei sich behalten. Doch der Arm tat ihm immer noch weh und ließ sich nur mit Mühe bewegen.

Nachdenklich drehte er die Walze seiner Schreibmaschine und sah über Manhattan hinweg in den rotglühenden, kalten Abend. Böiger Wind strich um das Fenster.

Der Frachter glitt unter der Verrazano Bridge hindurch zum offenen Meer hinaus. Dan Lyons stand auf und ging aus seinem Büro. Er wollte mit Vince Reece zu Abend essen.

Vincent Reece schob alle Schubladen des alten Holzschreibtischs zu und stand auf. Er war müde.

Zweihundertzwanzig müde Pfund auf einem zweiundfünfzigjährigen Knochengerüst. Er tippte sich mit dem Finger auf den Magen. Ein Schmerbauch. Er strich über sein graues Haar. Am Scheitel glänzte schon eine kahle Stelle.

Es war Zeit für seine Verabredung mit Dan Lyons. Er nahm seinen Mantel vom Haken.

Ein guter Abend für eine Partie Poker.

Noch einmal versuchte er, sich dieses Banksaldos zu erinnern. Nichts zu machen.

Er faltete die New Yorker Ausgabe der ›Daily News‹, mit deren Lektüre er mehrere Stunden totgeschlagen hatte, warf einen durchweichten Zahnstocher in den leeren Papierkorb und knipste das Licht aus. Langsam stieg er die Stufen außen am Haus hinunter und sog die schalen Dünste ein, die vom Restaurant im Erdgeschoß aufstiegen. Die beißende Kälte des Abends veranlaßte ihn, seinen Mantel zuzuknöpfen.

Wie konnte man müde werden, wenn man den ganzen Tag am Schreibtisch hockte und Zeitung las?

Er konnte sich an diesen Banksaldo einfach nicht erinnern, nicht um viel Geld. Er würde nachsehen müssen.

Von der Gasse aus sah er einen großen Frachter, tief im Wasser liegend, der mit der Flut unter der Verrazano Bridge hindurch zum offenen Meer hinausglitt.

Tief in seinem Inneren riet etwas Vincent Reece, um sein Leben zu laufen.

Mit gesenktem Kopf marschierte Dan Lyons gegen den Wind, im Arm die unförmige Einkaufstüte.

Als er das Backsteinhaus erreicht hatte, nahm er die schwere Tüte in den anderen Arm und drückte das schmiedeeiserne Gitter auf. Vor ihm befanden sich die beiden hohen, vergitterten Fenster seiner Souterrainwohnung. Darüber lagen die Fenster von Vince Reeces Wohnung.

Stirnrunzelnd blickte er zu Reeces Fenstern hinauf. Sie waren dunkel.

Lyons trat durch das Tor und schlug es wieder zu. Mit einem Schlüssel öffnete er die vergitterte Tür unter der Backsteintreppe und betrat den Vorraum. Mit dem Fuß drückte er die Haustür hinter sich zu. Mit einem zweiten Schlüssel sperrte er die schwere, geschnitzte Tür auf, die in den Souterrainkorridor führte.

Er stieß auch diese Tür mit dem Fuß zu und öffnete die Tür zu seiner Wohnung mit einem dritten Schlüssel. Er trat ein und ließ die schwere Einkaufstüte auf die Couch fallen.

Er rieb sich den wunden Arm und fragte sich, ob sich die Wunde entzündet hatte.

Er hörte ein leises Geräusch und neigte lauschend den Kopf. Wartend stand er in der dunklen Wohnung. Irgendwo in den Tiefen des alten Gebäudes ächzte ein Heizungsrohr. Im Inneren seiner Wohnung hörte er das gewichtige Ticken der Wanduhr mit dem langen Pendel. Er lauschte noch eine Weile, ohne das Licht einzuschalten. Auf seinem Teppich lagen zwei Lichtvierecke. Schließlich zuckte er die Achseln, schaltete das Licht ein und holte eine Kassette mit Pokerjetons und mehrere Kartenspiele hervor.

Er öffnete den Kühlschrank, zählte die Bierflaschen und stellte ein Dutzend mehr aus einem Küchenschrank dazu. Dann überprüfte er die Eisbehälter im Gefrierabteil.

Er packte die Einkaufstüte aus. Reece war noch nicht da. Merkwürdig.

Er ging zu seiner Schlafcouch und ließ die Hand langsam über die Matratze gleiten, um nach einer Nadel zu tasten. Diese Theorie konnte er streichen. Dann trat er zur Tür und nahm die Sicherheitskette ab. Unmöglich. Es war unmöglich, die Tür von außen aufzusperren, die Kette wegzunehmen, hereinzukommen, dann die Wohnung wieder zu verlassen, die Kette vorzulegen, die Tür abzusperren. Ausgeschlossen.

Er holte mehrere Pakete Salzstangen heraus und leerte sie gleichgültig in eine Schüssel, als er wieder aufmerksam wurde. Er hob die Augen zu der hohen Decke mit den stuckverzierten Rändern.

Ein Scharren. In Vincent Reeces dunkler Wohnung. Dunkel?

Er durchquerte das Zimmer, öffnete die Wohnungstür, eilte durch den teppichbelegten Gang, zog die schwere Tür auf, trat in den Vorraum unter der Treppe, öffnete die vergitterte Tür und ging hinaus ins bleiche Licht der Straße. Es war kälter geworden, windiger. Er stieg zur Straße hinauf und blickte zu Vincent Reeces Fenstern im Erdgeschoß empor.

Ja. Dunkel.

Er kehrte wieder in seine Wohnung zurück und lauschte. Ein gedämpftes Kratzen unmittelbar über seiner Deckenlampe.

Erneut trat Lyons hinaus in den Gang und folgte ihm zur Treppe, die zu den oberen Etagen führte. Er stieg zum Erdgeschoß hinauf. Die Halle war schwach erleuchtet von der Lampe auf dem Tisch neben den beiden großen Haustüren. Er konnte das Pfeifen des Windes hören. Irgendwo aus einem der oberen Stockwerke kam Radiomusik. Ein Telefon läutete.

Leichtfüßig eilte er zur Tür von Reeces Wohnung und lauschte. Er drückte sein Ohr an die Tür. Ein Geräusch. Es klang, als ziehe jemand einen Wäschesack über den Boden. Ein Geräusch. Eindeutig. Er klopfte.

»Vince?« Er wartete. »He, Vince!« Er klopfte lauter. »Vince? Ich bin es.«

Er umfaßte den ovalen Metallknauf. Der Knauf ließ sich drehen. Lyons drückte die Tür einen Spalt auf. Im Zimmer war es dunkel. Durch die beiden Fenster fiel das Licht der Straßenlampe; auf den Vorhängen schwankten die Schatten von Blättern und Ästen.

Er lauschte. Er hörte ein Geräusch in der Nähe seiner Füße. Dann roch er es. Erbrochenes. Zum zweitenmal an diesem Tag roch er es. Und er hörte etwas, was wie ein Seufzer klang. Er drückte die Tür weiter auf. Da, auf dem Boden. Es bewegte sich. Ein Bein, das sich bewegte, ein Schuh, der kratzend über den Boden glitt. Wieder ein Seufzen.

Lyons drückte auf den Lichtschalter, und die Deckenlampe tauchte das Zimmer in farbloses, hartes Licht.

Der erste Schlag hatte Reece auf den Rücken getroffen, als er die Wohnungstür hinter sich geschlossen hatte.

Der Schlag traf ihn zwischen die Schulterblätter, hoch oben auf die Brustwirbel. Seine Wucht schleuderte den korpulenten Körper quer durch das dunkle Zimmer. Reece ging in die Knie und prallte gegen seine Couch. Verzweifelt nach Luft schnappend, war er unfähig, einen Schrei auszustoßen. Eine unglaublich kräftige Hand packte seine Schulter, quetschte schmerzhaft den großen, runden Armmuskel, als sie ihn herumriß. Der Kopf des elastischen Totschlägers aus Hartgummi, der mit Stahlkügelchen gefüllt war, drückte sich gegen sein Brustbein, hinterließ eine Kontusion von der Größe einer Untertasse auf dem geraden Bauchmuskel und schnürte Reece die Luft ab. Er begann langsam zu ersticken.

Sein Mantel und sein Jackett wurden ihm vom Leib gerissen. Der weiße Gummiknüppel schwang sich in die Luft.

Reece wurde mit dem Gesicht nach unten auf die Couch gestoßen, so daß sein Rücken und sein Gesäß freilagen. Unter harten, rhythmischen Schlägen wurden Muskelwände zermalmt, Fasern zerrissen, aus ihren Verankerungen gelöst, vom Knorpel getrennt. Trizeps, Deltamuskel, Kapuzenmuskel, der gemeinsame Fingerstrecker, der Nackenmuskel, der kleine, runde Armmuskel und der große, runde Armmuskel, der große Gesäßmuskel und der breite Rückenmuskel, alle wurden sie unter dem erbarmungslosen, elastischen Schlag des Gummiknüppels zermalmt und gelähmt.

Nur die Muskeln, die für die Atmung verantwortlich waren, wurden geschont.

Ein wenig Luft war inzwischen in seine Lungen gedrungen, und er spürte plötzlich einen Strom lebenspendenden Atems. Ehe er aufschreien konnte, führte ihn ein zweiter, wohlberechneter Schlag auf den Trapezmuskel, unmittelbar unterhalb des Hinterhauptbeins, an den Rand der Bewußtlosigkeit, und er wurde wieder herumgedreht, diesmal auf den Rücken, so daß sein Gesicht den Schlägen des Angreifers zugänglich wurde. Der erste Schlag sauste auf den Stirnmuskel nieder.

Dann traf der Gummiknüppel die Ringmuskeln der Augen, und zwei mit bemerkenswerter Sachkundigkeit geführte Streifschläge zerfetzten die inneren Wände der Kaumuskeln, ohne einen Zahn oder einen Backenknochen zu brechen.

Die Nase wurde verschont und der Schädel auch, trotzdem quoll Blut aus der Nase. Reece begann wieder nach Luft zu schnappen, diesmal weil seine Kehle mit Blut gefüllt war, und er wurde grob herumgewälzt und in seinem Blut und Erbrochenen liegen gelassen.

Vinnie Reece wurde ohnmächtig.

Etwas Gehacktes, sehr wenig Knorpel, keine Knochen.

3

»Ich kann mich nicht erinnern«, lallte Vincent Reece, sich windend. Seine Lider hoben sich ein wenig, senkten sich wieder. Er keuchte, und sein ganzer Schädel war blutverschmiert.

»Ich kann mich nicht erinnern«, schrie er.

Zwei Krankenschwestern drehten ihn auf dem Operationstisch auf die Seite und zogen ihm Hose und Unterhose herunter. Dann drehten sie ihn wieder auf den Rücken. Lange, dünne Platzwunden bedeckten seinen ganzen Körper. Manche weinten Blut. Überall war er brandrot, und große violette Flecken hatten sich an unzähligen Stellen auf seinem Körper gebildet. Schwach bewegte er sich.

Der Arzt zog das Stethoskop aus seinen Ohren und tastete mit einem Ausdruck zornigen Ekels Reeces Körper ab – Arme, Beine, Oberkörper, Hals, Achselhöhlen. Er öffnete eines von Reeces Augen und musterte es aufmerksam mit einem kleinen Lämpchen. Wieder hörte er das Herz ab, dann ließ er das Stethoskop langsam über den ganzen Brustkasten wandern. Er klappte Reeces Mund auf und sah im Licht einer Taschenlampe hinein. Mit einem in Alkohol getränkten Wattebausch wischte er das Blut aus beiden Ohren und untersuchte die Gehörgänge.

»Säubern Sie seinen Kopf. Aber vorsichtig«, sagte er zu den beiden Schwestern.

»Schrecklich«, murmelte die eine mit einem Blick auf Reeces Gesicht.

Die Augenlider waren wie zwei aufgeblasene Tüten und schwarzblau verfärbt; das ganze Gesicht war verschwollen, als es aus der Blutkruste herausgeschält wurde – verschwollen, rot, von dicken Striemen durchzogen. Rasch untersuchte der Arzt die Schädeldecke. Er seufzte und nickte einer der Schwestern zu. Sie machte eine Spritze fertig.

»Fleagle«, sagte Reece. »O Gott, nein!«

»Er ist wieder ohnmächtig geworden«, stellte die andere Schwester fest.

Der Arzt nickte. Er stieß Reece die Nadel in den Oberarm. Immer noch angewidert den Kopf schüttelnd, setzte er dem Verletzten wieder das Stethoskop auf die Brust. Er lauschte mit gerunzelter Stirn.

»Wie schreibt sich das?« fragte der Polizeibeamte.

»Lyons. L-y-o-n-s. Dan Lyons.«

Er sah zu, wie der Beamte das Formular ausfüllte. Der Polizeibeamte beantwortete die Fragen auf dem Formular selbst, murmelte die Antworten vor sich hin, während er schrieb.

Am anderen Ende des Tisches saß ein schwarzer Sanitäter und stellte eine Liste der Gegenstände auf, die vor ihm lagen.

»Eine Armbanduhr«, sagte er zu sich selbst. »Ein Ring, Schlüsselbund –«

»He!« rief der Arzt über den Wandschirm hinweg. »Hat der Mann mit dem Herzen zu tun?«

Dan Lyons stand auf und ging um den Schirm herum.

»O Gott«, sagte er unwillkürlich, als er Reeces Gesicht sah.

»Ja«, knurrte der Arzt. »Also, wie steht es mit seinem Herzen?«

Lyons wandte den Blick von dem Gesicht ab. Die beiden Schwestern schoben Reeces schlaffe Arme in die Ärmel eines Krankenhaushemdes.

»Nein. Ich weiß nicht. O Gott. Das ist ja entsetzlich –«

»Wie lange kennen Sie ihn?«

»An die zwei Jahre.«

»Über seinen Gesundheitszustand wissen Sie nichts?«

Lyons schüttelte den Kopf.

Der Arzt wandte sich an die Schwestern.

»EKG«, sagte er. »Und Röntgenaufnahmen des Schädels.«

»Wie geht es ihm?« fragte Lyons.

Der Arzt holte tief Atem.

»Hm. Wesentlich besser, als es ihm eigentlich gehen sollte. Innere Frakturen oder Blutungen habe ich nicht entdeckt. Seine Lunge scheint ordentlich zu arbeiten. Der Blutdruck – nun, der ist ziemlich hoch, aber er sinkt ständig, seit der Mann hier eingeliefert worden ist. Ich glaube nicht, daß Schädelbrüche vorhanden sind. Aber sein Herzschlag ist unregelmäßig, und ich vermute, daß er mit dem Herzen schon einmal Schwierigkeiten gehabt hat. So etwas wie das hier habe ich noch nie gesehen. Keine Knochenbrüche, keine Blutungen, keine ausgeschlagenen Zähne. Aber jeder größere Muskel ist gequetscht. Er wird sich wochenlang nicht bewegen können, aber wenn alles verheilt ist, sieht man ihm bestimmt nichts mehr an. Das muß jemand getan haben, der die Anatomie des Körpers bestens kennt.«

Der Polizeibeamte bedeutete Lyons, zum Tisch zurückzukommen.

»Okay. Noch einmal. Für den amtlichen Bericht. Fangen Sie von vorn an. Als Sie das Geräusch hörten und zu seiner Wohnung hinaufgingen –«

Lyons erzählte die Geschichte noch einmal.

Roger Basche und Joe Tyler traten durch die Schwingtür der Unfallstation.

»Butter«, sagte Roger Basche.

»Wie?« fragte Joe Tyler.

»Dein Drink wird gleich zu Butter werden.«

Joe Tyler blickte auf seine Hand, die unentwegt im Whiskyglas rührte.

»Oh. Ja.«

Er warf den Quirl auf die Theke und starrte düster durch das Fenster des Barraums hinaus in den dunklen Hof des Krankenhauses. Ein riesiges, erleuchtetes Schild schrie ihm ›Nothilfe‹ entgegen.

»Wer, zum Teufel, kann Vinnie das angetan haben?« fragte Tyler.

»Fleagle«, erwiderte Dan Lyons.

»Was?«

»Ein Mann namens Fleagle.«

Joe Tyler fuhr sich erstaunt über den braunen Schnurrbart und starrte Lyons an.

»Du weißt, daß er Fleagle heißt?«

»Ja. Fleagle.«

»Woher?«

»Von Vinnie. Er sagte den Namen. Alle dreißig Sekunden. Fleagle. Und er sagte: ›Ich kann mich nicht erinnern. Mindestens hundertmal hat er das gesagt. Verzweifelt.«

»Fleagle«, wiederholte Tyler. Er fuhr sich wieder mit seinen dünnen Fingern über den Schnurrbart. »Weißt du, wer Fleagle ist?« Er blickte Lyons ins Gesicht.

Lyons schüttelte den Kopf. Basche schüttelte den Kopf.

Joe Tyler räusperte sich.

»Hat der Polizist ihn Fleagle sagen hören?«

Lyons nickte. »Er meinte, Fleagle könnte der Name eines Pferdes im achten Rennen von Hialeah sein.«

Ein Rettungswagen der Polizei fuhr an der Unfallstation des Krankenhauses vor. Überall an der Theke blickten Sanitäter, Laboranten und andere Mitglieder des Krankenhauspersonals flüchtig von ihren Gläsern und ihren Zeitungen auf.

»Vielleicht«, meinte Basche, »waren es die Pferde.«

»Was für Pferde?« fragte Tyler.

»Vielleicht hat er beim Buchmacher Schulden.«

Tyler zuckte die Achseln. »Und vielleicht hat er einen Einbrecher überrascht.«

»Er ist kaltblütig und mit Vorsatz verprügelt worden«, bemerkte Lyons. »Er wurde vorsätzlich von einem sadistischen Neandertaler namens Fleagle verprügelt, der mit der Anatomie des menschlichen Körpers bestens vertraut ist. Na, wie gefällt dir das?«

Tyler schüttelte den Kopf. »Weißt du, was die Polizei unternehmen wird? Nichts. Gar nichts. Ich wette mit dir, daß der Name Fleagle überhaupt nicht im Bericht erscheint. Und ich wette weiter mit dir, daß kein Mensch auch nur einen Finger rühren würde, sollte er zufällig doch im Bericht genannt werden. Weißt du, was Fleagle passieren wird?« Er blies zwischen gespreizten Fingern hindurch. »Nichts. Die Polizei wird weiter daran glauben, daß Fleagle ein Außenseiter im achten Rennen von Hialeah ist, und Fleagle wird weiterhin mit geschulter Hand die Leute fertigmachen.«

»Bitter, bitter«, stellte Basche fest. »Du bist zum Pessimisten geworden.«

»Fleagle«, fuhr Tyler ungerührt fort, »wird seine gerechte Strafe nur dann erhalten, wenn ihm eines seiner Opfer den Garaus macht. Nein, halt mal eine Minute den Mund. Jetzt rede ich. Verbrecher können eine ganze Zivilisation zu Fall bringen.« Er schlug mit der Hand auf die Theke. »Sie können im wahrsten Sinne des Wortes eine Zivilisation in die Gosse ziehen. Wir müssen Sicherheitsausschüsse bilden und –«

»Mann o Mann«, sagte Basche und blickte sich in der Bar um. Er hob abwehrend die Hand. »Leiser. Leiser. Schrei nicht so.«

»Aber es ist doch wahr, Herrgott noch mal. Dieser Mann ist halb zu Tode geprügelt worden, und dieser nasebohrende, plattfüßige Polizeibeamte sagt, Fleagle ist ein Pferd, das im achten Rennen in Hialeah läuft!«

»Okay«, versetzte Basche leise. »Ich bin ja ganz deiner Meinung.«

»Wenn wir die Fleagles dieser Welt nicht kriegen, dann kriegen sie uns. Ich als gelernter Philosoph und Historiker kann euch das sagen. Dann fällt der Vorhang.«

Basche rieb sich heftig die Nase. »Okay. Mir hat ein Blick auf Reece genügt. Ich bin jederzeit bereit, Fleagle ins Jenseits zu befördern. Mit Wonne. Du brauchst ihn mir nur zu zeigen. Wo ist er?«

»Du würdest es tun? Du würdest Fleagle umbringen?«

»Weißt du, Joe, heute fragte mich ein Kunde, ob ich jemals auf einen Menschen Jagd gemacht hätte. Und ich sagte nein. Aber ich hatte etwas vergessen. Als ich im College war, da gründete eine Gruppe von uns eine Organisation, die sich Seneca-Loge nannte. Um aufgenommen zu werden, mußte man in einem Wildgebiet der Adirondacks mitten im Winter fünf Tage lang allein aushalten. Zwei Kerzen, ein Messer, Schnur, Streichhölzer und ein paar andere lebenswichtige Dinge, das war alles. Jetzt warte mal. Jetzt bin ich an der Reihe. Der Test hatte einen Sinn. Die Seneca-Loge hatten wir nämlich gegründet, um Menschen zu jagen.«

»Okay, okay«, warf Tyler ein. »Aber was hat das mit Fleagle zu tun?«

Mit einer betont geduldigen Geste zupfte Basche sein weißes Brusttuch zurecht.

»Tyler, alter Junge, sag mir doch mal, wie ein Neurotiker wie du jemals auf den Gedanken kommen konnte, das heitere, besinnliche Leben eines Philosophen zu wählen? Sei ehrlich, hast du vielleicht Hämorrhoiden? Juckende Hämorrhoiden?«

»Geh zum Teufel mit deinen Hämorrhoiden. Rede endlich weiter.«

Roger Basche schüttelte den Kopf und wandte sich Dan Lyons zu.

»Nun, so leicht läßt sich eine Menschenjagd gar nicht arrangieren. Ich meine, man lauert nicht einfach einem Fremden in der Wildnis auf, wenn man ihn nicht tatsächlich erledigen will. Deshalb war es Sinn und Zweck der Seneca-Loge, das Wild zu stellen – es wurde aus unserem Kreis ausgewählt. Das Opfer wurde aus der Gruppe der erfahreneren Mitglieder gewählt – gelegentlich nahm man sogar ein Paar. Es erhielt einen Vorsprung, und dann galt es, das Wild in die Adirondacks hinauf bis nach Kanada und wieder zurück zu verfolgen. Hundertzwanzig Kilometer hin und hundertzwanzig Kilometer zurück – und das in den Bergen, mitten im Winter. Eine harte Sache. Die Temperaturen fallen da oben nachts gewöhnlich unter fünfzehn Grad. Natürlich wurde nicht getötet. Wir jagten mit Filmkameras und Gummilinsen. Der einzige, der es hinauf und hinunter schaffte, ohne geschnappt zu werden, war – ich. Und jetzt zur Sache.«

»Aha!« sagte Tyler mißmutig.

»Da ich kein ausgebildeter Philosoph bin wie dieser unterernährte Neurotiker hier, mag meine Terminologie einiges zu wünschen übriglassen, nicht aber meine Beweisführung. Kann ich einen Fleagle erlegen? Ich wiederhole, zeigt ihn mir, dann werdet ihr es schon sehen.«

»Bravo«, sagte Joe Tyler und klatschte in die Hände. »Das wollte ich hören.«

»Ich habe nur eine Frage.«

»Welche?«

»Warum hat unser Freund Vincent Reece eine so fürchterliche Tracht bezogen? Vielleicht hatte er sie verdient?«

»Wer?«

»Reece. Vince Reece. Woher wollen wir das wissen? Ich spiele jetzt seit ungefähr zwei Jahren regelmäßig mit ihm bei Lyons Poker. Er gefällt mir. Aber sagt mir einmal, wer ist er eigentlich? Vielleicht gehört er einem Gangstersyndikat an? Vielleicht ist er ein Buchmacher, der sich weigerte, seine Schutzgebühren zu zahlen?«

»So ein Quatsch«, stellte Tyler fest.

»Von wegen! Wo arbeitet er?«

»Bei einer Importfirma«, sagte Dan Lyons nachdenklich.

»Bei einer Importfirma? Na, das ist ganz schön vage. Einen Abend machte er einmal einen Witz darüber, daß er bei einer Wäscherei arbeitete. Also, was ist nun – Importfirma oder Wäscherei? Ich weiß nur, daß er mir jede Karte hersagen kann, die ich im Lauf des Abends in der Hand gehalten habe. Und er gefällt mir. Punkt, Schluß.«

»Es spielt doch keine Rolle, wer er ist. Kein Mensch hat das Recht, ihn so zuzurichten. Ich rede davon, daß hier jemand getötet werden muß ...« Joe Tyler ließ den Blick durch die Bar schweifen und senkte die Stimme. »Ich rede von der Hinrichtung eines Mannes namens Fleagle.«

»Ja, ich weiß«, flüsterte Lyons mit einem Lächeln zurück.

Joe Tyler zitterte vor Zorn.

»Hör mir zu, verdammt noch mal. Hör zu! Du gehörst zu der übelsten Sorte, die einem Philosophen oder sonst jemandem unterkommen kann. Wenn dich morgen die Regierung am Schlafittchen packte und in eine braune Uniform mit einem Abzeichen und ein paar Streifen auf der Schulter steckte, würdest du dein Gewehr ergreifen und jeden erschießen, den deine Vorgesetzten als Feind bezeichnen würden. Aber hier haben wir einen tödlichen Feind direkt in unserer Mitte, und du bist nicht bereit, einen Finger zu rühren, weil das außerhalb der Regeln der geordneten Welt liegt, in der du lebst.«

Lyons zuckte die Achseln.

»Ich will dir sagen, was ich tun werde«, fuhr Tyler fort. »Ich fahre morgen in die Myrtle Avenue und kaufe dir in einem Uniformgeschäft einen Uniformrock mit vielen Orden und Abzeichen. Außerdem kaufe ich dir einen großen deutschen Orden und ein Gewehr, und dann kann es losgehen. Ach, geh doch zum Teufel!«

Zornig stakte er zur Herrentoilette.

Roger Basche räusperte sich vorsichtig. Er drehte sich um und lehnte sich mit dem Rücken an die Theke. Nachdenklich zupfte er wieder das weiße Tuch in der Brusttasche seines blauen Blazers zurecht, befingerte dann den Hals seines weißen Rollkragenpullovers.

»Ehe ich mich zu sehr errege, möchte ich doch wissen, warum Reece durch den Wolf gedreht worden ist.«

Eine Schwester kam aus der Unfallstation und rannte über den Hof.

»Ich glaube, ich habe eine bessere Frage«, versetzte Dan Lyons.

»Ja? Was für eine denn?«

»Was war es, woran er sich nicht mehr erinnern konnte?«

Die Schwester hastete über die Straße in die Bar hinein.

»Schnell!« rief sie Dan Lyons zu. »Der Doktor will Sie sprechen.«

»Er ist gestorben«, sagte der Arzt und schnippte mit den Fingern. »So. Ganz plötzlich. Er war tot, noch ehe unsere Herzspezialisten etwas tun konnten. Er war nicht zu retten.«

»Sein Herz?«

»Ja. Das Herz und die Schläge. Ich bin überzeugt, daß die Staatsanwaltschaft den Fall als Mord betrachten wird.«

Vince Reece mit den langen Strähnen grauen Haares, die ihm um das aufgedunsene, blaue Gesicht lagen, sah aus wie eine große, kaputte Puppe. Lyons tätschelte eine von Reeces Händen und eilte dann in das Wartezimmer für Besucher, das neben dem Haupteingang des Krankenhauses lag. Er setzte sich einem kleinen, dunklen Mann gegenüber, der Zeitung las. Er streckte seine Beine aus und stieß geräuschvoll den Atem aus. Er saß da und starrte auf seine Schuhe. Das alles war ebenso unwahrscheinlich, so verrückt wie der Einstich in seinem Arm. Er verschränkte die Arme und ließ sich alles durch den Kopf gehen.

Der kleine, rundliche Mann, der durch die Drehtür kam, setzte vorsichtig einen Fuß vor den anderen, so als trage er eine Bombe.

Alles an ihm war oval, ellipsenförmig. Sein Kopf war ein Ei; sein Körper ebenfalls; die Hosenbeine waren zwei zerknitterte Röhren, sahen aus wie Elefantenbeine. Unterhalb der tiefliegenden, von Fältchen umgebenen Augen breitete sich die ungesunde Röte hohen Blutdrucks aus.

Er war kein gesunder Mann, nicht mehr jung, nicht mehr kräftig, und seine vorsichtige Art, sich zu bewegen, war nichts anderes als ein bewußtes Bemühen, Energie zu sparen.

Der bedrückende Hauch des Krankenhauses wehte ihm entgegen, und er zog voller Haß die Lippen über den Zähnen zurück.

Er blickte auf den Zeitung lesenden Mann und trottete langsam den Hauptkorridor hinunter, langsam wie ein alter Elefant.

Basche und Tyler betraten das Wartezimmer und setzten sich.

»Er will dich sprechen.«

»Wer?«

»Der Arzt.«

»Oh.«

Lyons seufzte und stand auf. Langsam schritt er durch den Gang und sah den kleinen, runden Mann zurückkommen. Voller Hast. Er trippelte plattfüßig dahin, als brenne ihm der Boden unter den Füßen. »Heiliger Jesus, ich bin ruiniert. Heiliger Jesus!« Er schlug mit dem Rücken der einen Hand in den Teller der anderen, während er in großer Erregung weiterwatschelte.

»Heiliger Jesus! Erledigt. Tot bin ich. T. O. T.«

Er lief eilig durch die Halle. Der Mann mit der Zeitung folgte ihm rasch und half ihm durch die Tür. Beide Männer stiegen in einen wartenden Wagen.

Lyons traf den Arzt im Schwesternzimmer an, wo er eine Tasse Kaffee trank.

»Oh. Ihr Freund sagte noch etwas, bevor er starb.«

»Fleagle«, sagte Lyons. »Und: ›Ich kann mich nicht erinnern.‹«

»Nein. Minuten, bevor er starb, sagte er ganz klar und deutlich: ›Danny, er hat eine lange, rote Narbe am Hals.‹«

Lyons starrte ihn an.

»Das hat er gesagt?«

Der Arzt nickte. »Sie sind doch Danny, nicht wahr?«

»Ja.«

»Dann galten seine letzten Gedanken Ihnen.«

Lyons nickte und schritt zum Wartezimmer zurück.

»Los, kommt. Ich werde jetzt einen Burschen namens Fleagle ausfindig machen.«

»Und dann?« wollte Tyler wissen.

Lyons griff nach seinem Mantel.

»Wenn ich ihn finde, bringe ich ihn um.«

4

Es klang wie ein schwacher, gedämpfter Stoß.

Dan Lyons setzte sich in seinem Bett auf und lauschte. In der Dunkelheit. Unverkennbar ein dumpfer Stoß. Über ihm, in Vincent Reeces Wohnung. Vier Uhr morgens.

Er stand auf, schüttelte die Decke ab und schlich durch das Zimmer zur Wohnungstür. Der Boden unter seinen nackten Füßen war eiskalt. Schwere Füße schritten über den Boden von Reeces Wohnung, direkt über seinem Kopf.

Er öffnete die Tür seiner Wohnung und schlich lautlos den Gang entlang zur inneren Treppe, die zum Parterre führte. Als er die mit Teppich belegten Stufen hinauftappte, hörte er das Einschnappen des Schlosses an der Haustür.

Zwei Stufen auf einmal nehmend, eilte er den Rest der Treppe hinauf und rannte zur Haustür. Er riß sie auf und sah hinaus. Alles leer. Sehr kalt. Geparkte Autos säumten die Straße zu beiden Seiten. Er musterte sie aufmerksam. Nichts.

Er schloß die Tür und ging zu Reeces Wohnung. Er hatte sie abgeschlossen, als er zum Krankenhaus gefahren war. Er drehte den Knauf, und die Tür öffnete sich. Langsam stieß er sie auf und knipste das Licht an.

In ungläubigem Protest machte er den Mund auf.

»Heiliger Himmel!« sagte er laut.

Jemand hatte das Zimmer demoliert. Vollkommen demoliert. Die Couch war in ihre Bestandteile zerlegt worden. Fetzen von Baumwollwatte hingen am Holzrahmen und an der Federung. Der Bezug war aufgeschlitzt, die Polsterung herausgenommen, auseinandergezupft und beiseite geworfen worden. Die Bettcouch hatte man ähnlich mißhandelt. Sämtliche Schubladen waren aus der Kommode gerissen, geleert und dann übereinander aufgestapelt worden. Hemden, Socken, Krawatten, Unterhosen, Unterhemden, Leintücher, Handtücher, Kissenbezüge, Pullover, Badehose lagen in wüstem Haufen aufeinander.

In der Kochnische sah es chaotisch aus. Geschirr, Töpfe, Pfannen und Lebensmittelvorräte standen auf dem Boden. Mehl, Kaffee, Haferflocken, Scheuerpulver waren aus den Büchsen in die Spüle gegossen und mit Ketchup, Senf, Salz und allen möglichen anderen Pasten und Saucen garniert worden. Die leeren Behälter standen in ungeordneter Reihe auf dem Parkettboden.

Reeces Schuhe lagen auf dem Boden des Schranks. Ihre Absätze waren sämtlich abgeschnitten. Seine Anzüge und Mäntel waren durchsucht und auf einen Haufen geworfen worden.

Beim Fenster entdeckte Lyons eine Metallkassette. Rundherum lagen Reeces persönliche Unterlagen verstreut. Und daneben lag der ausgeleerte Staubsaugerbehälter.

Lyons sah sich um. Völlige Zerstörung. Ohne ein Geräusch. Wie hatten sie das fertiggebracht? Er rieb sich den wunden Arm und schüttelte den Kopf.

»Ich möchte wissen, was sie suchen«, sagte Roger Basche. Er öffnete den Konditorkarton mit dem Kuchen und schnüffelte. »Ah! Beeil dich mit dem Kaffee, Lyons.«

»Das schlägt dem Faß den Boden aus«, bemerkte Tyler und deutete mit drohendem Finger zu Reeces Wohnung hinauf. »Okay, was kommt jetzt? Wie, zum Teufel, findet man in einer Großstadt, in der zehn Millionen Menschen leben, einen Mann namens Fleagle?«

Lyons zündete das Gas unter dem Kaffeewasser an.

»Man fängt mit einer Liste von Fleagles an.«

»Und wer hat eine Liste von Fleagles?«

»Alexander.«

»Wer?«

»Alexander Graham Bell.«

»Oh. Sehr lustig! Unheimlich komisch. Du willst also die Telefonbücher sämtlicher fünf Bezirke durchgehen. Dann rufst du an und sagst: ›Hallo. Sind Sie zufällig der Gangster, der gestern abend Vinnie Reece zu Tode geprügelt hat?!‹«

Lyons lächelte. »Genau.«

»Und dann? Willst du vielleicht zu jedem Fleagle hinfahren und ihn unter die Lupe nehmen und seine Muskeln begutachten?«

»Nein.«

»Na komm schon, Dan. Was machen wir dann?«

»Ganz einfach. Wir machen das, was die Firmen tun, die über die Leute Kreditreferenzen einholen. Hier ist das Telefonbuch von Brooklyn. Du suchst einen Fleagle heraus. Dann nimmst du dir das Straßenverzeichnis vor, das von der Telefongesellschaft herausgegeben wird. Du suchst – nach der Hausnummer – mehrere Nachbarn deines Fleagle heraus, rufst sie an und stellst ihnen ein paar Fragen. Nachbarn klatschen mit Vorliebe. Du wirst alles erfahren, was du wissen willst.«

»Nur nicht«, warf Tyler ein, »ob er der Fleagle ist, der Reece zusammengeschlagen hat.«

»Das ergibt sich durch den Eliminierungsprozeß. Wir wissen, daß der Fleagle, den wir suchen, Bärenkräfte hat und in der Anatomie Bescheid weiß. Er kann ein Gesundheitsfanatiker sein, ein Sanitäter, weiß der Himmel was.«

»Genial«, stellte Roger Basche fest. »Alle Fleagles über sechzig Jahre und unter sechzig Kilo scheiden aus. Ebenso alle rechtschaffenen Bürger, die einer geregelten Arbeit nachgehen. Ebenso alle Frauen. Wunderbar. Lyons, du bist ein Genie.«

»Und wenn er kein Telefon hat?« rief Tyler.

»Dann gibt es immer noch die Fahrzeugzulassungslisten aus Albany. Und dann noch die Kreditzentrale für die Stadt New York. Das Finanzamt.«

»Aber das sind doch vertrauliche Unterlagen.«

»Ja?«

»O Gott«, stöhnte Tyler. »Das kann ja Tage dauern.«

»Vielleicht«, meinte Lyons. »Aber es gibt einen Trost.«

»Welchen denn?«

»Wir haben Zeit.«

*

Dan Lyons wählte den ersten der neun Fleagles aus dem Telefonbuch von Brooklyn.

Fleagle, Albert T. 3507 Avenue V.

Er schlug das Straßenverzeichnis von Brooklyn auf. Unter Avenue V. Die Spalte hinunter bis zu 3500, 3507. Fleagle, Albert T., und 3505, das Nebenhaus, Sullivan, Edward P.

Er wählte die Nummer von Mr. Sullivan.

»Mr. Sullivan? Hier spricht die Versicherungsprüfstelle der Stadt New York. Wir sind gerade dabei, einen Versicherungsantrag von Albert T. Fleagle zu überprüfen – was? Vor einem Monat? Tatsächlich? – Ja, das sieht ja wirklich so aus, als wollte da jemand einen Versicherungsschwindel aufziehen. Oh, keine Sorge. In solchen Fällen setzen wir uns immer gleich mit der Polizei in Verbindung. Sind in der Familie noch andere männliche Fleagles? – Aha. Nur die Ehefrau. Ich danke Ihnen sehr. Auf Wiederhören.«

Der nächste Fleagle hieß Fritz O. und wohnte in der Meadow Street 230. Dan Lyons schlug wieder im Straßenverzeichnis nach. In Nummer 228 wohnte Elliott N. Borden.

Er wählte. »Hallo. Ist dort Borden? – Ah, Mrs. Borden. Sehr gut. Hier ist die Versicherungsprüfstelle der Stadt New York. Wir bearbeiten im Augenblick einen Antrag auf Fahrzeugversicherung von einem gewissen Fritz O. Fleagle. – Ja, ich weiß, daß er Ihr Nachbar ist. Aber wir brauchen eine Referenz einer Person, die nicht zur Familie des Antragstellers gehört. Können Sie mir sagen, was für einen Wagen er gegenwärtig fährt? – Okay. Und wie lange wohnt er schon in der Meadow Street? – Dreiundzwanzig – oh, zweiundzwanzig Jahre. Gut. Beruf? – Rechtsanwalt? Okay. Alter – sechzig? Achtundfünfzig bis sechzig. Okay. Hat er in letzter Zeit einmal einen Unfall gehabt? – Nie? Okay. Fährt sonst noch jemand in der Familie? – Ah, seine Frau. Sally. Sie spielen Bridge mit ihr? Oh, ich verstehe. Sonst niemand? – Okay. Sehr schön. Ich danke Ihnen für Ihre Hilfe. Nein, nein, die Sache geht schon in Ordnung. Auf Wiederhören.«

Am selben Nachmittag um 15.30 Uhr wählte er die Nummer von Alphonse Tansy.

»John Fleagle?« sagte Mr. Tansy. »Der arbeitet nur, wenn er Lust hat.«

»Und was arbeitet er dann?«

»Er balsamiert Leichen ein.«

»Was?«

»Ja, er macht sie fürs Begräbnis schön. Aber das hat er schon lange nicht mehr getan. Er ist dauernd unterwegs. Auf Reisen.«

»Was für Reisen sind denn das?«

»Na, Reisen eben. Mit dem Flugzeug. Auf einmal verschwindet er für ein paar Tage, und dann ist er plötzlich wieder da, mit lauter Aufklebern und Etiketten von Fluggesellschaften auf seinem Koffer.«

»Aha. Und was tut er, wenn er zu Hause ist?«

»Er läuft.«

»Er läuft?«

»Ja. Wie Roger Bannister oder Jim Ryun. Sie wissen schon – auf der Aschenbahn. Und er geht regelmäßig zur Gymnastik.«

»Wann läuft er denn immer?«

»Jeden Tag gegen halb fünf Uhr abends.«

»Hat er Freunde?«

»Freunde? Daß ich nicht lache. Fleagle ist ein Widerling. Kleine, stechende Augen und ein verkniffener Mund. Er redet mit keinem Menschen, und kein Mensch redet mit ihm. Er ist ein Nachtschwärmer.«

»Sie halten nicht viel von ihm.«

»Ach, er ist schon in Ordnung. Genehmigen Sie die Versicherung nur.«

Mrs. Powell von Nummer 434 taute nur langsam auf. Schließlich sagte sie: »Mr. Fleagle ist Mrs. Busbeys ältester Mieter. Er zahlt immer pünktlich, und Klagen hat es nie gegeben.«

»Ah, ich verstehe. Sie sind mit Mrs. Busbey befreundet. Mr. Fleagle hat eine ihrer Wohnungen gemietet?«

»Ja, möbliert. Ich denke, Sie werden feststellen, daß Sie kein großes Risiko eingehen, wenn Sie ihm die Versicherung genehmigen.«

»Aha.«

»Ja. Er achtet sehr auf seine Gesundheit. Und er treibt regelmäßig Gymnastik.«

»Hat er Freunde?«

»Äh, nein. Mr. Fleagle ist sehr zurückhaltend.«

»Einer der anderen Nachbarn erzählte mir, daß Mr. Fleagle von Beruf Einbalsamierer ist.«

»Oh, das weiß ich nicht. Er ist viel auf Reisen. Und er scheint keine geregelte Arbeitszeit zu haben.«

»Klingt mir nach einem Verbrecherdasein.«

Darauf trat eine Pause ein.

»Das sagt mein Mann auch immer«, erklärte Mrs. Powell schließlich.

»Ach was? Warum denn?«

»Wirklich, ich möchte nicht klatschen.«

»Natürlich, Mrs. Powell. Aber Ihr Mann scheint mir ein intelligenter Mensch mit guter Beobachtungsgabe –«

»Nein. Ich habe schon genug gesagt. Auf Wiederhören.«

Sie legte auf.

Mrs. Piel von Nummer 435 sagte: »Er sieht so schrecklich einsam aus. Er tut mir in der Seele leid. Kein Mensch spricht mit ihm.«

Roger Basche klopfte an das Souterrainfenster. Mit einer Golftasche in der Hand folgte er Lyons in die Wohnung.

»Was ist in der Tasche, Mr. Capone?« fragte Lyons.

»Woher weißt du das?«

»Woher weiß ich was?«

»Woher weißt du, was in der Tasche ist?«

»Weiß ich, was in der Tasche ist?«

»Nein. Wohl nicht. Jedenfalls noch nicht.« Roger Basche nickte zum Telefon hin. »Ist was dabei herausgekommen?«

»Vielleicht.«

»Oh, wirklich?«

»Ja. Ich habe einen auf seine Gesundheit bedachten Langläufer ausfindig gemacht, der früher einmal Einbalsamierer war, allein lebt, nie arbeitet und trotzdem Geld hat, seine Rechnungen zu bezahlen, und regelmäßig Gymnastik macht.«

»Klingt vielversprechend«, meinte Basche.

»Vielleicht haben wir noch einen großen Abend vor uns«, sagte Lyons.

»Zumindest einen lauten.«

Roger Basche zog zwei Gewehre und eine Schrotflinte aus der Golftasche.

Das Haus war ein alter Backsteinbau mit einer breiten Holzveranda zur Straße hin. In Blumentöpfen auf einem Holztische wurden steife Stiele toter Geranien vom Dezemberwind geschüttelt.

Vom geparkten Wagen aus beobachteten die drei die Haustür. Die Mieter waren offenbar lauter junge Leute – zum größten Teil weißgekleidete Medizinstudenten, die an dem bitterkalten Samstag im Dezember mit Wäschesäcken und Einkaufstüten aus und ein gingen.

Joe Tyler seufzte auf dem Rücksitz. Er beugte sich vor.

»Kannst du mit einem Gewehr umgehen, Dan?«

»Ja. Es ist zwar eine Weile her, aber ich habe manches Mal ins Schwarze getroffen.«

»Mit einem Zweiundzwanziger?« fragte Tyler.

»Ja.«

»Hast du schon einmal mit einem Springfield geschossen?«

»Nein. Du?«

»O ja«, antwortete Joe Tyler. »Auf der Militärschule. Es ist ein Gewehr aus dem ersten Weltkrieg, und der Rückstoß reißt dir die Schulter bis zur Hüfte hinunter.«

»Wir müssen ihn anhand seiner Kleidung identifizieren«, sagte Roger Basche zu Lyons.

»Wo bleibt der Kerl nur?« fragte Lyons.

»Geduld«, erwiderte Basche. »Geduld.«

»Bist du auch sicher, daß du das Schloß öffnen kannst?« fragte Tyler.

Dan Lyons zuckte die Achseln.

»Wenn es ein Standardschloß ist, kann ich es in zwei bis drei Minuten öffnen. Wenn ich großes Glück habe, kriege ich es mit diesem Plastikstreifen in fünf Sekunden auf. Aber wenn ich Pech habe, dann kann ich auch eine Stunde lang vor der Tür knien und versuchen, die Zuhaltungen zu drehen.«

»Klingt mir verdammt riskant«, meinte Tyler. »Willst du es wirklich wagen?«

»Klar«, sagte Lyons. »Du brauchst mir jetzt nichts über die möglichen Strafen zu erzählen, die auf Einbruch stehen.«

»Dan, wenn aber jemand im Treppenhaus auftaucht –«

»Ich weiß. Ich muß mich eben auf mein Glück verlassen.«

Tyler seufzte wieder.

»Okay, okay«, sagte Lyons. »Hast du einen besseren Einfall?«

»Nein.«

»Dann hör endlich auf, mir Angst zu machen.«

»Entschuldige«, murmelte Tyler.

Sie beobachteten die Veranda.

»Wann hast du das letztemal ein Schloß aufgemacht?« fragte Tyler.

Basche grinste, dann lachte er laut auf.

»Hör mal, Tyler, du alte Unke, du hast es wirklich heraus, andere zu beruhigen.«

Tyler grinste. »Ja. Okay. Ich frage mich, ob ich für ein Verbrecherleben nicht zu nervös bin.«

Lyons lächelte, den Blick immer noch auf die Veranda gerichtet. Die drei saßen schweigend da und beobachteten die Passanten auf der Straße. Eine ganze Weile sprach keiner.

»Die Haustür scheint unverschlossen zu sein«, bemerkte Basche.

»Ja«, stimmte Lyons zu. »Die Leute drücken sie nur auf, wenn sie heineinwollen.«

»Gut«, stellte Tyler fest. »Dann brauchst du wenigstens dieses Schloß nicht in aller Öffentlichkeit aufzubrechen.«

»Ja«, sagte Basche. Weißt du was?«

»Was?«

»Ich stimme dir zu.«

»Worin?«

»Daß du für ein Verbrecherleben zu nervös bist. Halt dich lieber an die Philosophie.«

»Ist das dein Mann?«

Sie beobachteten, wie der Mann die Veranda überquerte und in Turnhose und dickem Trainingspullover zur Straße hinunterstieg. Er zog eine rote Strickmütze aus seiner Tasche.

»Mensch«, sagte Tyler. »Der ist ja wirklich wie Tarzan gebaut. Wenn du dich schon dabei erwischen lassen mußt, wie du seine Wohnung aufbrichst, dann lieber von der Polizei.«

Der Mann trabte in leichtem Laufschritt davon.

»Ich gehe«, sagte Lyons.

Er stieg aus dem Wagen und legte eiligen Schritts das kurze Stück Weg bis zum Haus zurück. Er fröstelte. Der Wind ging durch Mark und Bein. Seine Achselhöhlen und seine Hände waren schweißnaß.

Er stieg die Holzstufen hinauf, schritt über die Veranda und trat in eine sehr weiträumige Halle, an deren Wänden in Reih und Glied Topffarne standen. Post und Zeitschriften lagen auf einem alten viktorianischen Tisch verstreut.

Er ging zur Treppe und eilte hinauf.

Die Wohnung Nummer 8 befand sich im ersten Stock und war nach vorn hinaus gelegen. Er zog ein flaches Lederetui aus seiner

Manteltasche und entnahm ihm zwei Werkzeuge, die wie die Instrumente eines Zahnarztes aussahen und mit L-förmigen, flachen Drahtenden versehen waren. Er kniete vor der Tür nieder und untersuchte das Schloß.

Es war alt – vielleicht so alt wie das Haus. Älter als jedes Schloß, das er je bearbeitet hatte. Er versuchte, die Zahl der Federn zu schätzen. Er steckte die erste Sonde in das Loch und tastete die Federn ab. Fünf Federn, verdammt! Er stocherte an der hintersten herum, drehte den Zylinder leicht in Uhrzeigerrichtung, dann in entgegengesetzter Richtung. Er spürte, wie die Feder zurückschnappte. Reines Glück. Jetzt noch vier. Er schob die nächste Drahtsonde ein und spielte an der nächsten Feder herum.

Er hörte Schritte auf der Treppe. Oben. Lange, springende Schritte. Die herunter kamen. Er richtete sich auf und wartete. Eine junge Krankenschwester mit einem Arm voll schmutziger Männerhemden polterte die Treppe herunter. Sie sah ihn.

Er klopfte an die Tür.

»Fleagle«, rief er leise.

»Wenn er nicht da ist«, sagte sie, »dann ist er im Krankenhaus.«

»Im Krankenhaus?« echote Lyons überrascht.

»Ja. Er wird heute abend bei einer Sektion gebraucht.«

»Sektion?«

»Ja. Fleagle ist Anatom. Er arbeitet für die Pathologische Abteilung, wenn man ihn dort braucht. Sie kennen ihn wohl nicht sehr gut?«

»Nun ja, wir kennen uns nur flüchtig.«

»Oh.«

Sie trampelte die letzte Treppe hinunter und schlug die Haustür hinter sich zu.

Lyons wischte sich die schweißfeuchten Hände an den Hosenbeinen ab und schob die zweite Sonde wieder ein. Behutsam. Langsam. Er spürte, wie die zweite Feder mit knapper Not an der Zunge des Zylinders vorbeirutschte. Gott sei Dank, daß die Zuhaltung soviel Spiel hatte. Er steckte die dritte dünne Drahtsonde in das Schloß. Zu flach. Eine andere. Zu hoch. Eine mittlere. Da. Rasch bearbeitete er die beiden letzten, vorderen Federn.

Etwas fiel auf seinen Daumen, und er sah hin. Wasser. Ein Wassertropfen. Nein. Schweiß. Sein Gesicht war von Schweißtropfen bedeckt. Er wischte es mit einem Taschentuch ab. Jetzt klemmte er alle fünf Sonden in eine Metallmanschette und stellte sie mit einer Schraube fest, damit sie sich nicht verziehen konnten. Langsam. Der provisorische Schlüssel drehte sich. Und die Tür schwang auf.

Er blickte in Richtung Sportplatz auf die Straße hinaus. Dann sah er in die andere Richtung, zum Wagen hin. Tyler und Basche beobachteten stumm die Veranda. Sie warteten. Basche mit der Geduld des routinierten Jägers. Tyler mit der händeringenden Nervosität eines Menschen, der es nicht ertragen kann, tatenloser Zuschauer zu sein.

Das Mobiliar des Zimmers bestand aus ausrangierten Stücken anderer Zimmer aus einer anderen Zeit. Fleagle war es offenbar gleichgültig, was seine Wirtin ihm in die Wohnung stellte.

Das Bett war eine einfache Liege ohne Kopfbrett, ohne Fußleiste und ohne Kissen. Die Kochnische war winzig, das Badezimmer ebenso klein und ziemlich heruntergekommen.

An der Wand zwischen den beiden Fenstern hing eine große, farbige Karte, die die Organe des menschlichen Körpers zeigte. Eine Karte gleicher Art war mit Reißzwecken an der gegenüberliegenden Wand befestigt. Sie zeigte sämtliche Muskeln des menschlichen Körpers.

Fleagles Bücher waren samt und sonders Fachbücher der Pathologie und Anatomie.

Lyons blickte noch einmal zur Straße hinunter und nahm dann seine Inspektion wieder auf. Fünfundzwanzig Minuten. Vor fünfundzwanzig Minuten war Fleagle aus dem Haus gegangen, um sein tägliches Laufpensum zu absolvieren. Wie lange blieb er normalerweise weg?

Geräuschlos durchsuchte Lyons die Kommode und den Schreibtisch, das Badezimmer, die Küche und den Kleiderschrank. Jetzt sah er alle vierzig Sekunden zur Straße hinunter.

Schließlich mußte er verschwinden. Er trat durch die Tür und zog sie zu. Das Schloß schnappte ein.

Lyons stieg die Treppe hinunter. An der Biegung wäre er beinahe unwillkürlich stehengeblieben. Dort stand Fleagle.

Sein helles Haar, das kurz gestutzt war wie eine Zahnbürste, glänzte feucht von Schweiß. Die dunkelblauen, tiefliegenden Augen blickten auf einen Stapel Briefe in seiner Hand. Er ließ einen Brief nach dem anderen wieder auf den Tisch fallen.

Lyons ging an ihm vorbei, an seinem Rücken und den massigen, runden Schultern vorbei, öffnete die Haustür und eilte die Straße entlang zum Wagen. Er glitt auf den Beifahrersitz und stieß die Luft aus seinen Lungen.

Basche ließ den Motor an und steuerte den Wagen vom Randstein weg.

»Wie lange war der Kerl schon da, als ich herauskam?«

»Ein oder zwei Minuten. Wir hatten schon Angst, er hätte dich erwischt.«

»Mein Gott. Ich habe ihn überhaupt nicht zurückkommen sehen.«

»Er kam durch die Gasse neben dem Haus.«

»Nun, es war mir jedenfalls eine Wonne zu erleben, wie ihr beiden großen Jäger mir zu Hilfe gekommen seid.«

»Na, das ist ja jetzt nicht mehr nötig, oder?« versetzte Basche.

Er zog eine Pistole aus seinem Gürtel und steckte sie in den Handschuhkasten.

»Puh«, knurrte Lyons, als er das sah. »Ist das Ding da am Ende ein Schalldämpfer?«

»Ja, das Ding da am Ende ist ein Schalldämpfer«, bestätigte Basche.

»Hm«, machte Lyons.

»Okay, okay, das reicht«, mischte sich Tyler ein. »Was hast du da oben gefunden?«

»Er ist unser Mann.«

»Ja? Woher weißt du das?«

»Erstens, wißt ihr, was er arbeitet?«

»Du hast doch gesagt, er balsamiert Leichen ein.«

»Nein. Das hat er früher gemacht. Er ist Anatom an der Pathologischen Abteilung im Krankenhaus. Er macht Obduktionen. Er kennt jede kleinste Faser des menschlichen Körpers. Er hat zwei Riesenkarten des menschlichen Körpers in seinem Zimmer hängen, für den Fall, daß er mal einen Namen oder eine Stelle vergißt. Zu eurer Information, heute abend macht er bei einer Sektion mit.«

»Und was noch?«

»Ein weißer Gummiknüppel.«

»Ein was?«

»Ein weißer Gummiknüppel, der mit Stahlkügelchen gefüllt ist. So ein Ding lähmt jeden Muskel, den es trifft. Vier oder fünf Schläge reichen, und der Gegner ist fertig, unfähig, auch nur eine Bewegung zu machen.«

Tyler seufzte wieder. »Nun«, meinte er, »wir wissen jetzt, daß Fleagle nicht im achten Rennen von Hialeah startet.«

»Nur eines möchte ich noch wissen«, sagte Lyons.

»Was denn?« schrie Tyler ihn an. »Lieber Gott, wir haben doch Beweise genug!«

Lyons drehte sich nach ihm um.

»An wem nimmt er die Obduktion heute abend vor?«

»Wie?«

»Die Obduktion. Nimmt Fleagle vielleicht Vinnie Reece unter das Messer?«

»Heiliger Herrgott im Himmel!«

Diesmal parkte Basche den Wagen einen Straßenblock von der Wohnung entfernt. Mit der Geduld des Jägers lehnte er sich zurück, um zu warten.

»Ich habe mich einmal mit einem Nachtwächter an den Docks von Brooklyn unterhalten«, sagte Joe Tyler und starrte nachdenklich aus dem Wagenfenster. Er strich sich den Hals. »Da unten gibt es Katzen so groß wie Pudel. Sehnige, wilde Tiere. Der Nachtwächter hat mir erzählt, wie sie jagen. In der Nacht jagen sie Ratten. Und wißt ihr was? Die Katze greift eine Ratte nur einmal an. Wenn sie die Ratte erwischt, dann verspeist sie sie auf der Stelle mit Haut und Haaren. Aber wenn sie die Ratte nicht beim ersten Sprung schnappen kann, dann saust sie schnurstracks davon. Weil die Ratten unten an den Docks so groß sind, daß sie die Katzen jagen können. Folglich können sich die Katzen einen Fehlangriff nicht leisten. Da steht mehr als das Abendessen auf dem Spiel.«

»Und was willst du damit sagen?« erkundigte sich Basche.

»Damit will ich sagen, daß es besser ist, wenn du nicht fehlst, Roger. Du mußt treffen. Nach allem, was ich von Mr. Fleagle gesehen habe, habe ich das Gefühl, daß er in seiner Branche ein Meister ist. Und seine Branche ist die Jagd auf Menschen. Auf Menschen wie uns.«

Roger Basche drehte sich um und blickte Joe Tyler aus kalten, grauen Augen an.

»Ich treffe immer«, sagte er.

Joe Tyler blickte ihm forschend ins Gesicht.

»Ich werde dafür beten«, sagte er langsam, »daß der Erfolg dir treu bleibt.«

Basche nickte stumm und wandte sich wieder um.

Um 17.20 Uhr kam Fleagle aus seiner Wohnung. Er setzte sich in seinen Wagen, der vor dem Haus stand, und fuhr davon. Basche folgte ihm.

»Er fährt zum Krankenhaus«, sagte Basche.

»Ich verüble ihm jeden Atemzug, den er noch tut«, bemerkte Joe Tyler.

»Ich hoffe nur, ich komme nie auf deine schwarze Liste, Joe«, meinte Dan Lyons.

Joe Tyler antwortete nicht. Er lehnte sich zurück und blickte auf die Straße hinaus. Schließlich stellte er mit einem unfrohen Auflachen fest: »Wenn wir einmal nur von uns dreien sprechen, Dan, dann würde ich sagen, am beängstigendsten wäre es, auf deiner Liste zu stehen.«

»Auf meiner?«

»Ganz recht. Diese phantastische Erfindungsgabe. Du bist so listenreich wie Odysseus.«

Dan Lyons lächelte ihn an.

Roger Basche hielt abrupt den Wagen an. Vor ihnen war Fleagle in den gepflasterten Hof des Krankenhauses eingebogen. Sie sahen zu, wie er ausstieg und zu einer Souterraintür hinunterging.

Roger Basche wandte sich zu Tyler um.

»Auf deiner Liste möchte ich aber auch nicht stehen, alter Freund.«

»So?« erwiderte Joe Tyler. »Warum denn nicht?«

»Erbarmungslosigkeit, Joe. Erbarmungslosigkeit.«

Kurz vor acht kam Fleagle die Treppe vom Souterrain wieder herauf. Er stieg in seinen Wagen und fuhr durch die Stadt bis zur Atlantic Avenue und von dort hinaus zum Belt Parkway, dem weiten Bogen der Küste von Brooklyn folgend – Red Hook, Fort Hamilton, Coney Island, Sheepshead Bay, Flatbush Avenue. Er schlug die Straße zum alten Floyd Bennett Field ein und bog dann auf eine Schotterstraße ein, die durch das Marschland der Jamaica Bucht führte.

Sie folgten den auf und ab wippenden Lichtern von Fleagles Wagen. Sie gelangten zu einem riesigen Parkplatz in einem Meer drei Meter hoher Schilfstengel. Wagen drängte sich an Wagen. Fleagle stellte den seinen ab und ging auf ein altes, mit Schindeln gedecktes Holzhaus zu. Eine Neonröhre glühte im einzigen Fenster: ›The Tavern‹.

»He!« rief Dan Lyons. »Die Kneipe kenne ich. Da ist in der Prohibitionszeit verbotener Alkohol ausgeschenkt worden. Hier war früher eine Mülldeponie. Ist doch kaum zu glauben, daß der Laden immer noch steht. ›The Tavern‹.«

Roger Basche blickte ihn an.

»Ich weiß zwar nicht, wie dir zumute ist, Lyons, aber ich bin völlig ausgedörrt.«

»Na, alter Junge, meine Schlauheit und seine Erbarmungslosigkeit sollten doch ausreichen, dir einen Drink zu beschaffen.«

Ein beißender, scharfer Wind fegte über den Parkplatz, als sie zu dem Gasthaus schritten. Lyons blickte zu den Sternen hinauf und zog fröstelnd die Schultern zusammen, als er an die sezierte Leiche von Vinnie Reece dachte, die im Tiefkühlfach des Leichenhauses im Krankenhaus lag. Der Geruch nach Krankenhaus und Tod schien ihm in die Nase zu wehen. Aus dem Inneren des Gasthauses konnte er die Klänge eines Banjos hören.

Er drückte die Tür auf.

Roger Basche musterte verstohlen Fleagle, der allein auf der anderen Seite der U-förmigen Theke saß.

»Sieht aus wie ein fanatischer Theologiestudent«, murmelte er in sein Glas.

Die Atmosphäre im Gasthaus klirrte von den Klängen des Banjos. Fleagle starrte teilnahmslos auf den Banjospieler, der mit einem alten, braunen Schlapphut über den Augen auf dem Klavier saß. An der Bar und in den Nischen klatschten die Leute im Takt mit der Musik in die Hände.

»Der Samstag abend ist der einsamste Abend«, sagte Joe Tyler mit einem Blick auf Fleagle.

Lyons sah Tyler überrascht an.

»Das spürst du auch?«

»Ich spüre Grausamkeit. Ich kann direkt sehen, wie dieser sadistische Hund Reece zusammengeschlagen hat. Wie er es darauf angelegt hat, den größten Schaden anzurichten, den größten Schmerz hervorzurufen.« Er holte tief Atem. »Ich hasse den Mann, der da steht, aus tiefstem Herzen.« Er blickte Lyons mit glitzernden Augen an. »Ich hoffe, er stirbt unter Schreien der Angst und der Qual.«

Erbarmungslosigkeit.

Fleagle war immer noch im Gasthaus. Basche hatte den Motor eingeschaltet, um das Innere des dunklen Wagens zu erwärmen. Er saß und wartete und spürte, wie der eisige Wind den Wagen schüttelte.

Lyons war in Gedanken versunken und rieb zerstreut die Beule seines verletzten Arms. Tyler saß hinten und hatte einen Arm um Basches teure, lederne Golftasche gelegt.

»Lieber Gott«, rief er schließlich aus. »Wißt ihr, wie viele Stunden wir heute in diesem Wagen zugebracht haben? Welche Zeit haben wir?«

»Man braucht ein klares Auge und einen kühlen Kopf und eine sichere Hand für dieses Geschäft, Joe. Konzentriere dich darauf.« Basche hielt die Augen auf die Tür gerichtet. »Ah, da kommt die Oben-ohne-Tänzerin. Aber jetzt hat sie etwas übergezogen, nicht wahr? Ist das ihr Leibwächter oder ihr Freund?«

»Welche Zeit haben wir?« fragte Tyler wieder.

»Halb zwölf.«

»Der bleibt womöglich die ganze Nacht da drinnen.«

»Kann schon sein.«

»Dieser gräßliche Kerl. Wie kann ein Mensch einen ganzen Abend in einer überfüllten Bar hocken und nicht mit einer einzigen Menschenseele sprechen?«

»Das ist einfach. Man braucht von Beruf nur Schläger und Leichenzerschneider zu sein. Da wird man von selbst ungesellig.«

»Warum begibt er sich dann überhaupt unter Menschen?«

»Vielleicht um sein nächstes Opfer zu studieren«, erwiderte Dan Lyons.

Basche drehte den Kopf langsam zu Lyons.

»Du bist ziemlich auf Draht, Lyons. Unser freundlicher Psychopath gehört nicht zu denen, die etwas für Banjomusik und tanzende Barmädchen übrig haben.«

»Natürlich hat er recht«, sagte Joe Tyler. »Gott, mit was für einer Bestie wir es da zu tun haben. Wäre es nicht ein Genuß, ihn auf dem Scheiterhaufen zu verbrennen?«

»Für einen Philosophen bist du ein reichlich blutrünstiger Mensch, Joe«, bemerkte Basche. »Erbarmungslos, wie ich schon gesagt habe.«

»Ja«, antwortete Tyler. »Erbarmungslos. Ich wollte, er käme endlich heraus.«

»*Voilà*«, sagte Basche und setzte sich auf. Er öffnete die Wagentür.

»Mein Gott«, murmelte Lyons.

»Wohin ist er gegangen?« fragte Basche.

»Er ist weg. Verschwand wie der Blitz. Hinter dem Haus. Er hörte das Öffnen der Wagentür.«

»Nun«, meinte Basche, »weit kann er nicht kommen. Wir sind von gefrorenem Marschland umgeben.« Er griff mit dem Arm in die Golftasche und zog eine Flinte heraus. »Gehen wir.«

Lyons nahm sich ein Gewehr und stieg aus. Seine Beine hätten beinahe unter ihm nachgegeben. Er zitterte heftig und fragte sich, wie er überhaupt fähig war, sich zu bewegen. Seit sieben Stunden lauerten sie Fleagle auf.

Und jetzt, mitten in den gefrorenen Überresten einer Mülldeponie, mitten im stinkenden Marschland, wollte er zum erstenmal in seinem Leben helfen, einen Menschen zu ermorden. Würde ihn vielleicht sogar allein töten. Sie wollten es wirklich tun.

Er fühlte Tylers Hand an seinem Nacken.

»Hör bitte auf zu zittern.«

Lyons schnaubte verächtlich.

»Sag dir nur immer wieder, Dan, daß das ein tollwütiger Hund ist, dem der Schaum vor dem Mund steht. Nichts Menschliches. Nichts Persönliches.«

»O nein, Joe. Er ist ein Mensch. Und für mich ist das eine sehr persönliche Sache. Wenn ich dieses Gewehr ruhig halten kann, dann jage ich ihm eine Kugel durch den Kopf.«

Er rannte. Fleagle rannte um sein Leben.

In schwarzer Finsternis, zwischen hohen, steifen, gefiederten Schilfrohren hindurch, die ihm den Weg versperrten, die ihn behinderten und aufhielten. Über glitschige Büschel von Marschgras, über morastigen Boden, in dem seine Schuhe steckenblieben, mehrere Böschungen hinauf, durch ein Dickicht niedriger Büsche, deren kahle Zweige so scharf schnitten wie Rasierklingen. Er rannte. Er rannte um sein Leben. Und rannte.

Die Marsch stank, seine Schuhe und Hosenbeine waren schwer von kalten, feuchten Erdklumpen, er machte genug Lärm, um Tote zu erwecken, er konnte kaum sehen in der mondlosen Finsternis, und das Vorwärtskommen war anstrengender als jeder Zweitausendmeterlauf auf der Aschenbahn.

Das Schlimmste aber war, daß Fleagle bei jedem Schritt darauf wartete, daß eine Kugel ihm den Kopf zerfetzen würde. Seine heftig zitternden Beine weigerten sich weiterzulaufen. Er machte eine Pause. Er hatte die Orientierung verloren. Er wußte nicht mehr, in welcher Richtung er gelaufen war. Im Kreis vielleicht? Wo waren sie? Was wollten sie von ihm? Wie hatten sie ihn hier gefunden?

Der Dicke mußte ihn preisgegeben haben. An den Schlägen war der Kerl, dieser Reece, nicht gestorben. Er hatte ja nicht einmal einen Knochen angeknackst. Das Herz. Der Mann war an Herzversagen gestorben. Das war Ha Has Schuld – er hatte einen Burschen mit krankem Herzen als Opfer gewählt. Schwer war er ja gewesen, dieser Reece. Keine Muskeln. Herzversagen. Die Obduktion hatte es erwiesen.

Fleagle wollte protestieren. Seinen Fall einer höheren Behörde vortragen. Nicht diesen drei Scharfrichtern. Nicht einmal dem Dicken. Aber jemand anders. Fleagle wollte Gerechtigkeit.

Wasser, von der Flut hereingetrieben, befand sich hinter ihm, gurgelte leise durch die Marsch. Aber die Straße, die gewundene, von Rinnen durchzogene Straße, die zur Flatbush Avenue zurückführte, zurück in die Sicherheit – wo war sie?

In der eisigen Luft gefror der Schweiß auf seiner Stirn, und die Schnitte in seinem Gesicht brannten. Er spürte, wie seine Beine steif wurden. Er war erschöpft.

Nach Jahren der Gymnastik, des Gewichthebens, des Laufens, Schwimmens und der körperlichen Enthaltsamkeit hatte er seine ganze Energie in einer Hetzjagd über unwegsames Land verbraucht. Er lauschte und war erstaunt, sich selbst zu hören.

Sein Atem ging pfeifend.

In der Dunkelheit hörte er ein lautes Rascheln. Ein Quietschen. Ein Aufklatschen im Wasser. Ein Quietschen. Ratten. Er schauderte. Angestrengt spähte er durch die Dunkelheit, suchte die Stecknadelköpfe von Lichtern. Nichts. Er kämpfte gegen seine Angst an und wartete lauschend.

Langsam begann Zorn in ihm zu brodeln. Drei gegen einen. Das war eine Gemeinheit.

Er blickte auf. Einige wenige bleiche Sterne an einem dunstigen Himmel. Eilende, schwarze Wolken. Okay. Er würde es schaffen. In der Marsch. Er suchte sich drei Sterne in einer Reihe, die ihm die Richtung des Parkplatzes und seines Wagens zu weisen schienen.

Wenn er nicht sehen konnte, dann konnten sie auch nicht sehen. Wenn sie es fertigbrachten, kein Geräusch zu machen, dann konnte er das auch. Und wenn drei nach einem suchen konnten, dann hatte der eine die dreifache Chance, einen von ihnen aufzustöbern.

Wenn er auch nur einen erwischen konnte, würde er ihn zerfleddern wie eine Puppe.

Er lauschte. Und lauschte. Nichts. Die kalte Nachtluft fraß sich tiefer in seinen Körper. Dann kam das schrille Kreischen eines Düsenflugzeuges, das vom Kennedy Airport abhob. Es stieg auf, frei und ungehindert, und verschwand in der weiten Nacht über dem Kontinent. Wieder Stille.

Es gab Pfade in der Marsch. Pfade, die sich kreuzten, von denen einer zum Parkplatz führte, zum Wagen, in die Sicherheit.

Er gelobte sich, daß er, wenn er den Wagen erreichte, nicht fliehen würde. Darauf hatte er sich sein Leben lang vorbereitet. Er würde sie erledigen, einen nach dem anderen – die drei, die ihn gezwungen hatten, davonzulaufen, die ihn dazu gebracht hatten, vor Angst zu stöhnen und zu wimmern.

Einen nach dem anderen.

Er hob die Hand und öffnete seine Krawatte und ließ die Finger über den Stoff gleiten. Kleine Gewichte, in die Krawatte eingenäht. Die Krawatte würde schwingen, sich um einen menschlichen Schädel legen und Knochen zermalmen. Sie war außerdem eine Garrotte. Lautloser Tod. Das war wenigstens etwas.

Er kauerte sich nieder, fühlte sich kräftiger, als er spürte, wie sein Verstand arbeitete, plante.

Sie konnten ausschwärmen, ruhig warten, bis er wieder losrannte. Sie konnten Lärm machen und warten. Lichter. Sie würden Taschenlampen haben – oder aber wie er durch die Dunkelheit stolpern.

Wieder hörte er sich wimmern. Er packte sich selbst wütend an der Kehle. Dann wickelte er sich die Krawatte um die Hand und arbeitete sich in einem Bogen, der von der Stelle wegführte, wo er den Parkplatz vermutete, wieder durch das hohe Gras. Er wollte sich von hinten an sie heranpirschen, einen nach dem anderen mit seiner Garrotte töten.

Qualvoll langsam kam er vorwärts. Jeder Schritt mußte lautlos sein, über trockene Äste und Blätter hinweg, durch Gestrüpp hindurch und Schilfgras, in einer Finsternis, die so undurchdringlich war, daß er sicher gewesen wäre, plötzlich blind geworden zu sein, hätte er nicht die wenigen bleichen Sterne über sich sehen können. Er kämpfte gegen die steigende Furcht des Stadtmenschen vor Ratten und Schlangen und beißendem Getier an und rechnete doch bei jedem Schritt damit, daß sich spitze Zähne in sein Fleisch schlagen würden.

Er mußte anhalten. Um zu lauschen. Um zu warten, ehe er weiterging. Um seine Angst unter Kontrolle zu bringen und seinen Impuls, einfach zu fliehen.

Er lauschte. Schweigen. Völliges Schweigen. Und jetzt sah er zwischen hohen Gräsern und Schilfhalmen hindurch die Kette von Autolichtern, die jenseits der Marsch den Belt Parkway erleuchteten. Gut. Er hatte die Orientierung wiedergefunden.

Er zitterte vor Kälte. Er hörte ein Geräusch. Das Rascheln trockenen Grases. An mehreren Stellen. Dann Quietschen. Ratten. Er zitterte noch heftiger.

Weiter. Er mußte weiter. Sie hatten Zeit. Sie waren trocken und warm gekleidet. Sie konnten warten, bis er steif wurde, starr und kalt, bis er den Kopf verlor und zu fliehen versuchte. Er war allein. Winselnd im Marschland. Der Außenseiter. Wenn er nur das Geld für das theologische Seminar gehabt hätte! Wenn nur aus der Sportschule etwas geworden wäre!

Er stand auf. Ich. Ich bin Fleagle. Nicht irgendein verdammtes Tier. Er schritt schnell weiter, immer noch im Bogen, den Blick auf den nächtlichen Widerschein der Stadt gerichtet, der ihn auf drei Seiten umgab. Zuerst würde er den Häscher auf der linken Flanke überraschen und niedermachen. Er schwang die schlaffe, feuchte, mit Gewichten beschwerte Krawatte. Dann die anderen beiden. Danach würde er in die Stadt zurückfahren und diesen Charlie Ha Ha aus dem Bett holen und ihn fertigmachen. Keiner konnte es wagen, ihn den Scharfrichtern auszuliefern. Ihn nicht. Nicht Fleagle. Er war nicht wie die anderen.

Nicht ihn. Er war ein Profi. Ein Moralist mit einer Mission.

Die dunkle Silhouette einer Baumgruppe tauchte auf. Kühn eilte er darauf zu. Der erste war Niles gewesen. Danny Niles. Er hatte ihn am Weihnachtsabend vor fünf Jahren von hinten überrascht. In der Gasse hinter dem Delikateßgeschäft in der Montague Street. Zwei Zentner und zäh, aber nicht zäh genug für Fleagle. Er wischte sich feuchten Schmutz aus seinem blonden Haar. Dann war der Boxer an der Reihe gewesen – Bummy hatten sie ihn genannt. Den hatte er im leeren Duschraum fertiggemacht. Er konnte sich noch deutlich an den dumpfen Schlag erinnern, als Bummys Kopf gegen die Metalltür der Umkleidekabine geprallt war. Bummy hatte nie wieder geboxt. Und die einzige Frau, die er je in die Mache genommen hatte – nur hatte er da vorzeitig Schluß gemacht... Sie hatte geweint, das geschlagene Gesicht aufgeschwollen, und er war gegangen. Dann der Geschäftsmann mit dem Revolver. Leicht. Und der Kerl, der auf die Knie gesunken war und zu ihm gebetet hatte. Er hatte geweint und mit zitternden, flehenden Händen den Rosenkranz hochgehalten. Außer sich vor Wut, wäre Fleagle beinahe zu weit gegangen.

Keiner von ihnen – nicht einer der Sünder, die auf der Liste standen – hatte jemals den Kampf gewonnen, und nicht einer war je gestorben – bis jetzt. Dieser Reece – ein Herz wie Schweizer Käse. Nach einer Weile verlangte Fleagle das Sündenregister gar nicht mehr, wenn er einen Auftrag erhielt. Name und Adresse genügten ihm. Es reichte, daß sie auf der schwarzen Liste standen. Ihr Name wäre nicht verzeichnet gewesen, wenn sie nicht eine schwere Sünde begangen hätten.

Mutiger jetzt und wärmer, von selbstgerechtem Zorn erfüllt, näherte sich Fleagle der Baumgruppe. Von dort aus würde er sich zum Parkplatz zurückschleichen. Und er würde sie kriegen. Alle drei. Er würde sie kriegen. Erst den auf der linken Flanke.

Dann flammte ein Paar Scheinwerfer auf, hob ein riesiges Stück des Marschlandes aus der Dunkelheit. Fleagle blieb stehen, um das Gelände zu überblicken, den Weg auszumachen, dem er folgen konnte, wenn die Finsternis wiederkehrte.

Statt dessen stürzte er wie ein Stein. Die Kugel schlug unmittelbar unter seinem Haaransatz in die Stirn. Sie traf nur drei der sechshundertfünfzig Muskeln in seinem Körper.

Roger Basche griff durch das Wagenfenster ins Innere und drückte auf den Scheinwerferknopf. Die Marsch wurde wieder dunkel. Er stand in der Dunkelheit und blickte auf die Tür des Gasthauses. Das Banjo klimperte immer noch. Gut. Niemand hatte den Schuß gehört. Gelassen, wie ein Mann auf Opossumjagd, schob er seine Flinte in die Golftasche. Er trat nach hinten, zum Kofferraum seines Wagens, öffnete ihn und nahm eine große Taschenlampe heraus.

Joe Tylers schmächtige Gestalt hastete die weiche Schotterböschung hinauf. Sechs Meter zu seiner Linken tauchte Lyons aus dem schwankenden Riedgras auf. Die Kälte drang jetzt tief in die Marsch ein, und der feuchte Boden begann zu gefrieren.

»Guter Schuß«, sagte Basche.

Joe Tyler stand zitternd in der Dunkelheit.

»Du kaltblütiger Hund. Wir haben eben einen Menschen getötet. Wir haben ihn getötet, und du sagst ›guter Schuß‹, wie bei einem Billardspiel.«

»Es war trotzdem ein guter Schuß«, beharrte Basche, nahm Tyler das Gewehr ab und steckte es in die Golftasche. »Deswegen sind wir doch hergekommen. Und jetzt haben wir es getan«, sagte er zu Tyler.

Mit den Händen in den Taschen stand Tyler da, starrte Basche an und hauchte dampfende Wölkchen in die kalte Nachtluft.

Lyons näherte sich mit schleppenden Schritten, das Gewehr im Arm. Er keuchte vom Anstieg.

»Guter Schuß«, sagte Basche wieder und nahm Lyons das Gewehr ab.

Lyons blies warmen Atem auf seine Hände. Er fühlte sich wie betäubt.

Tyler sah ihn an. »Du bist erstaunlich. Du hast es wirklich getan.«

Basche blickte auf beide, wie sie zitternd, mit gesenkten Köpfen dastanden, die Hände in den Taschen vergraben.

»Das läßt sich leicht feststellen«, sagte er. »Kommt.«

Basche fand mit Hilfe seiner Taschenlampe schließlich die Leiche.

Fleagle lag auf dem Rücken auf einem Erdhaufen, die Arme über dem Kopf ausgebreitet. Seine Lippen waren schlaff und seine Augen offen.

Basche kauerte neben ihm nieder. In seiner Stirn, direkt unter dem Haaransatz, saß ein rotes Loch. Fleagles Kopfhaut war lose und saß schlecht. Die Kugel hatte die bekannte Wunde geschlagen, und Basche wußte, ohne nachzusehen, daß Fleagles Hinterkopf in der Marsch verspritzt war. Fünfundsiebzig Meter und eine Windgeschwindigkeit von fünfzehn Knoten. Niemals zuvor im Zorn geschossen und auf Anhieb ins Schwarze getroffen.

Tyler betrachtete das Gesicht und war stolz darauf, daß er es mit Gelassenheit mustern konnte. Der Mund war schmal und sadistisch. Die Augen besaßen die undurchdringliche Schwärze von Wolfsaugen. Ein Raubtier weniger.

Lyons stand hinter ihnen, am Fuß des Erdhaufens, und blickte auf die merkwürdige Maske im Lichtkreis der Taschenlampe. Ein Tiger. Er hatte einen großen, wilden Tiger getötet, mit Muskeln, die sich wölbten wie glatter Stein, mit einem Hals wie ein Baumstamm. Gott helfe ihm. Gott helfe mir. Ich habe mein Boot jetzt verbrannt.

Tyler kam herunter, stellte sich neben Lyons und betrachtete ihn von der Seite.

Aus dem Gasthaus kam schwach das Klimpern des Banjos.

Basche drehte sich um und sah sie stirnrunzelnd an.

»Ich hoffe, wir haben nicht den Falschen getötet.«

»Was!« rief Joe Tyler und rannte den Hang wieder hinauf. »Was zum Teufel, redest du da?«

Basche wies mit dem Kopf auf Fleagle.

»Ich kann keine rote Narbe an seinem Hals finden.«

In der Morgendämmerung trottete die letzte streunende Katze über die Straße und erklomm einen hohen Holzzaun, um für den Tag zu verschwinden. Ein feiner Schleier aus Rauhreif bedeckte wie Spitzengewebe die Autos auf der Straße. Schwere, sonntägliche Stille lag über der Stadt.

Lyons saß an seinem Tisch und blätterte in einem kleinen Spiralblock. Blatt um Blatt war mit verschlüsselten Buchstabengruppen bedeckt. Bunkers ›Der Schlüssel zu Geheimcodes und andere Spiele‹ lag unter der Lampe. Lyons blickte auf die vollgekritzelten Blätter hinunter, die auf dem Boden und auf dem Tisch lagen, und rieb sich die brennenden Augen. Er fühlte sich geschlagen.

Er rollte den Hemdsärmel hoch und blickte auf den Einstich in seinem Arm. Der große, rote Fleck hatte sich langsam pflaumenblau gefärbt, das Fieber war vergangen und nur die Steifheit des Gelenks geblieben.

Vielleicht würde ihm Fleagles kindisches Codebuch etwas über diesen Einstich verraten.

Lyons war müde. Er fühlte sich bleischwer. Am Freitag morgen hatte ihm jemand eine Spritze in den Arm gebohrt – in einem abgeschlossenen Zimmer. Dann hatte er einen Freund brutal zusammengeschlagen aufgefunden, ihn ins Krankenhaus bringen lassen, ihn verloren, einen Mord gelobt, Telefondetektiv gespielt, einen Verdächtigen belauert, einen Einbruch verübt, auf einen Menschen Jagd gemacht, ihn mit einem Gewehrschuß getötet und hockte jetzt, nachdem er drei Stunden unruhig geschlafen hatte, mit einem Codebuch im Schoß in seinem Zimmer und sorgte sich, daß er den falschen Mann gejagt und getötet hatte.

Warum sollte ein Krankenhaustechniker einen Angestellten einer Importfirma töten? Warum sollte ein Krankenhaustechniker ein verschlüsseltes Tagebuch führen? Warum hatte Fleagle keine rote Narbe am Hals gehabt?

Lyons blies eine Lunge voll Atem aus und beugte sich wieder

über den verschlüsselten Text. Er blickte in das Buch neben sich. Cäsars Code. Drei Buchstaben nach rechts.

NIVYX wurde QLXBA.

Er versuchte es, indem er drei Buchstaben nach links rückte.

KFSWU.

Wieder blickte er in Bunkers Buch. So müde. So geplagt von Gewissensqualen. Er hatte den falschen Mann getötet. Ein Mann war gestorben, weil er den Namen Fleagle getragen hatte. Das Morgenlicht war heller geworden. Seine Wanduhr schlug die Viertelstunde. 6.45 Uhr. Sonntag. Er hörte die einsamen Schritte eines Menschen, der zur Sonntagsmesse ging.

Er versuchte es mit Bunkers Code und drehte die Buchstabenfolge um.

XYVIN.

Nein. Nichts. VIN. XY – Füllsel? Nein. Er streckte sich. Kaffee. Vielleicht eine Tasse.

VIN? VIN?

Warte. Nächste Gruppe.

CENTR.

Nein. Unsinn.

XYVIN CENTR.

Und da sah er es. Er hatte den Schlüssel.

XY VINCENT R.

Er ging zur nächsten Gruppe.

ZECEE umgedreht EECEZ.

XY VINCENT REECE Z.

»Mein Gott!« rief er. Wie ein Geständnis aus dem Grab.

Lyons rannte zu seiner Schreibmaschine und setzte sich wieder. Er war erschöpft. Ausgelaugt. Vincent Reece Z. Ah. Er hatte doch den Richtigen aufgestöbert. Hatte ihn erschossen. Was half das? Reece war tot. Jetzt war auch Fleagle tot. Wann würde Lyons tot sein?

Er kochte sich eine Kanne Kaffee. Er sehnte sich nach Schlaf, doch er war rastlos.

Ein dickes, kleines verschlüsseltes Tagebuch. Was würde er finden? Er spannte ein Blatt Papier in die Maschine und begann zu schreiben.

›Vincent Reece zwei eins zwei Remsen Street von Charlie Ha Ha Dritter Dezember. Knüppel keine Knochen‹.

Er übertrug die nächste Eintragung.

›Flug drei acht sieben Panama City achtundzwanzigster November.‹

Eine weitere:

›Flug vier eins zwei Nassau zwanzigster November.‹

Mr. Fleagle war ein unermüdlicher Reiseonkel gewesen. Nur der Assistent eines Pathologen an einem Krankenhaus?

Über eine Stunde saß Lyons da und tippte. Nach einer Weile wußte er schon im voraus, was kommen würde. Fleagle flog regelmäßig nach Mexico City, Panama, Nassau, Liechtenstein, Curaçao oder Zürich. Sechs Zielorte. Keine anderen. Aufenthalt von vierundzwanzig Stunden. Manchmal weniger.

Und hineingeschoben, wie der Belag in einem zusammengeklappten Stück Brot, waren Prügelaufträge. Auch diese entschlüsselte er und schrieb sie auf und kam sich vor, als grabe er Leichen aus einem geheimen Friedhof aus.

›Joe Craps. Brokmans Gewichtheberschule, Flatlands Avenue von Charlie Ha Ha, vierzehnter Oktober. Strafkommando. Neun gebrochene Knochen. Gebrochene Nase. Sieben ausgeschlagene Zähne. Kinnlade zertrümmert. Sieben Wochen Kings County Hospital.‹

Der nächste war ein Seemann.

›Petey, Scharfrichter Alberts Neffe, Sands Street Gate von Charlie Ha Ha, dritter Oktober. Fünf gebrochene Knochen. Acht Wochen Marinelazarett.‹

Über zwanzig solcher Prügelaufträge schrieb Lyons heraus. Vierzehn Aufträge stammten von ein und demselben Mann. Charlie Ha Ha. Oder Haha. Ein Codename? Zwei stammten von Ozzie New York Avenue und vier von Pell. Nur Pell.

Um acht Uhr schlugen die Glocken des Turms von St. Borromeo. Lyons blickte auf, als das schmiedeeiserne Tor klirrte und Joe Tyler die Treppe heraufkam. Er griff zwischen den Gitterstäben hindurch und klopfte an Lyons Fenster.

Tyler marschierte zielstrebigen Schrittes in die Wohnung. Er schälte sich aus seinem Mantel und warf ihn eilig auf die Couch. Kalte Luft stieg von dem Mantel auf.

Er rieb sich kräftig die Hände.

»Nun, hast du es geschafft?«

Lyons nickte. »Ja.«

»Tatsächlich. Du bist phantastisch! Wie lange hast du gebraucht? Was steht in dem Buch?«

»Ich habe die ganze Nacht gebraucht. Es steht drin, daß er halb Brooklyn zusammengeschlagen und im Flugzeug gewohnt hat.«

»Laß mich mal sehen.«

Tyler stellte sich ans Fenster. Im blassen Morgenlicht schimmerten sein brauner Schnurrbart, sein braunes Haar und seine scharfen, ruhelosen braunen Augen im selben Ton.

»Ha Ha? Was ist Ha Ha? Charlie Ha Ha?«

»Das ist der Oberbonze – Fleagles bester Kunde.«

»Ja, ja. Sieh dir das an. Die meisten Aufträge kamen von diesem Ha Ha. Scharfrichter Alberts Neffe. Mein Gott. Sieh mal! Der blutrünstige Kerl hat sich sogar die Dauer der Krankenhausaufenthalte notiert. Ist das zu glauben? Ha Ha. Was ist das überhaupt für ein Name? Das ist der Bursche, dem wir an den Kragen müssen. Er hat befohlen, daß Reece verprügelt werden sollte. Mein Gott. Da kann einem ja übel werden. Alle – alle diese Leute sind verprügelt worden?« Er sah Lyons an. »Acht Wochen im Krankenhaus. Weißt du überhaupt, wie schlecht es einem gehen muß, damit sie einen acht Wochen im Krankenhaus behalten? Man muß praktisch tot sein. Und du hast dir wegen des Einbruchs in Fleagles Wohnung Gewissensbisse gemacht. Was sind das für Flugreisen? Zürich, Mexico City, Panama City. Was haben sie zu bedeuten?«

»Ich weiß es nicht. Die Sache wird immer sonderbarer.«

Basche überflog die Blätter. Dann setzte er sich und sah die beiden anderen an.

»Heiliger Himmel!« Er griff wieder nach den Blättern. »Bummy. Er war es also, der Bummy fertiggemacht hat! An die Sache kann ich mich noch erinnern. Und wer ist dieser Charlie Ha Ha? Was ist das überhaupt für ein Name? Okay, ich gebe die Antwort gleich selbst. Ein Spitzname offensichtlich. Wie? Ja.« Er lehnte sich zurück. »Hm, jetzt ist wenigstens klar erwiesen, daß wir nicht das falsche Schwein geschlachtet haben.«

Lyons nickte. »Okay. Aber beantworte mir jetzt einmal eine Frage.«

»Schieß los!«

»Wer ist der Mann mit der roten Narbe am Hals?«

Helles Sonnenlicht erfüllte die Wohnung, als er am Nachmittag erwachte. Er sah sich im Zimmer um, starrte auf den aufgebrochenen Konditorkarton und die leeren Kaffeetassen auf dem Tisch.

»Ha Ha!« sagte er laut zu den Stuckrosen an der Decke. »Dan Lyons wird ein weiteres Zauberkunststück vollbringen. Ha Ha finden.«

Er stand auf und blickte an seinem schmutzigen Hemd und der fleckigen Hose hinunter. Er schlüpfte aus den Kleidern und ging ins Badezimmer. Er sah sein Gesicht im Spiegel.

»Ich bin ganz und gar nicht sicher«, sagte er zu seinem Gesicht, »daß ich dich jetzt noch mag. Du schießt Menschen tot.«

Nachdem er den Tisch abgedeckt hatte, setzte er sich mit einem Block nieder und stellte eine Liste von dreizehn Fragen auf.

1. Warum habe ich den Einstich einer Injektionsnadel im Arm?
2. Von wem stammt der Einstich?

3. Wie gelangten die fraglichen Personen in eine abgeschlossene Wohnung?
4. Wie haben sie es angestellt, ohne mich zu wecken?
5. Wer ist der Mann mit der roten Narbe am Hals?
6. Warum wurde Vincent Reeces Wohnung durchsucht?
7. Wer hat sie durchsucht?
8. Warum wurde er zu Tode geprügelt?
9. Wo hat Reece gearbeitet – Importfirma oder Wäscherei?
10. Wer ist Charlie Ha Ha?
11. Wie finde ich ihn?
12. Was haben Fleagles Flugreisen zu bedeuten?
13. Was war es, woran Vincent Reece sich nicht erinnern konnte?

Die dreizehnte Frage führte ihn in Reeces Wohnung zurück.

Bei Sonnenlicht sah die Wohnung – wenn das überhaupt möglich war – noch schlimmer aus. Als wären die Vandalen über sie hergefallen. Chaotisch. Demoliert. Lyons ging zum Fenster, wo die Kassette lag – und die Unterlagen, die man aus ihr herausgerissen hatte. Er sammelte die Papiere ein und setzte sich hin.

Er fand einen weißen Umschlag, der prall gefüllt war mit alten Fotografien. Er fand eine Geburtsurkunde. Vincent Rapolo Reece. Wäre im Februar dreiundfünfzig geworden. Scheckabschnitte. Ein Versicherungsbrief. Eine amtliche Urkunde, die bestätigte, daß Reece der Eigentümer eines zehntausend Quadratmeter großen Grundstückes in Catton's Run im Staat Vermont war. Eine Grundsteuerrechnung über achtundsechzig Dollar mit dem Vermerk ›bezahlt‹. Entlassungspapiere der Marine. Eine Heiratsurkunde. Vivian Dropcek. Vor vierzehn, fünfzehn Jahren ausgestellt. Dann die Scheidungsurkunde. Vier Jahre alt. Ein kleines, zusammengerolltes Diplom, das Reeces Ausbildung zum Buchhalter bescheinigte. Ein Gehaltsstreifen. Arbeitgeber: Mt. Aetna Importers Inc.

In einem Briefumschlag fand er einen Zeitungsausschnitt, der berichtete, daß Vincent R. Reece, fünfzehn, wohnhaft in der

Cortleyou Road, den Mittelschulwettbewerb um das beste Gedächtnis gewonnen hatte. Er hatte die ganze Verfassung der Vereinigten Staaten, einschließlch aller Kommas und Punkte, auswendig hergesagt, ohne auch nur einen einzigen Fehler zu machen. Einer der Preisrichter, der Leiter der Erasmus High School, hatte erklärt, das sei die erstaunlichste Leistung, die er in seiner vierzigjährigen Laufbahn als Lehrer erlebt habe.

Lyons nahm die Fotografien aus dem Umschlag. Familienaufnahmen. Reece mit zwei jungen Mädchen. Vielleicht Schwestern. Eine Frau. Vielleicht seine Mutter. Bilder einer jungen Frau. Vivian Dopcek stand in Tinte auf der Rückseite. Aufnahmen von Vinnie und Vivian. Reece in Marineuniform. Mit breitem Lächeln.

»Ich bin froh, daß ich den Schweinehund erschossen habe.«

Schließlich fand sich auch noch ein Schlüsselbund. Vielleicht ein Duplikat jenes, den Reece bei sich zu tragen pflegte. Aber warum mochten die Leute, die so gründlich die Wohnung durchsucht hatten, den Schlüsselbund zurückgelassen haben? Antwort: Vielleicht waren die Schlüssel alle ohne Schwierigkeiten zu identifizieren.

Lyons nahm sie sich der Reihe nach vor. Dieser ist für die Haustür. Dieser für Reeces Wohnungstür. Der hier für den Briefkasten. Das ist der Wagenschlüssel und das der Schlüssel zum Kofferrraum. Und dieser hier – Lyons steckte ihn in das aufgebrochene Schloß der Metallkassette – öffnete die Kassette. Aber der hier – hm. Ja. Was ist das für ein Schlüssel?

Ein nicht identifizierter Schlüssel. Irgendwo in der weiten Welt gab es ein Schloß, in das dieser Schlüssel paßte. Aber wo?

Lyons glaubte zu wissen, wo dieses Schloß war.

Eine steife Brise fegte vom Hafen her durch die alten, mit Kopfstein gepflasterten Straßen und Gassen an den Piers. Das Restaurant war geschlossen. Die Büros der Mt. Aetna Importers waren nirgends zu entdecken.

Lyons schritt die Gasse an der Seite des Restaurants hinunter.

Hinten am Haus stand eine Doppelreihe schmutziger Mülltonnen. Ausgetretene Holzstufen führten zu einer Tür im ersten Stock hinauf. An der Wand stand in großen, schwarzen Buchstaben: ›Aetna, Erster Stock‹.

Lyons stieg hinauf. Er blieb stehen und sah sich um. Ringsum war alles still. Nur Wind und Sonne. Er versuchte den Türknauf zu drehen. Dann klopfte er. Klopfte lauter.

Er zog Reece's Schlüsselbund aus der Manteltasche und steckte den Schlüssel, der übrig war, ins Schloß. Der Schlüssel glitt mühelos hinein. Und ließ sich drehen. Lyons stieß die Tür auf und trat ins Innere.

Ein altes Büro. Altes, abgenutztes Mobiliar. Schreibmaschinen und Schreibtische, altmodische Aktenschränke. Nackter Holzboden und schmutzige Fenster. In einem kleinen Raum ein Schreibtisch allein, ein Stuhl und ein Papierkorb, in dem ein einsamer, angekauter Zahnstocher lag. Auf dem Schreibtisch ein Plastikschild: ›Vincent Reece‹.

In einem großen Raum nebenan ein großer, alter Holzschreibtisch, Telefon, Wandsafe, einige Besucherstühle, ein wackeliger alter Garderobenständer.

Lyons setzte sich in den Sessel und wählte.

»Hallo, Roger Basche, alter Freund. Hier spricht dein Freund, der Einbrecher aus Leidenschaft. Ich rufe vom Büro aus an, ja ehrlich, vom Originalschreibtisch des«, er nahm das Plastikschild und las es, »Charles Ha Ha.«

6

Das Kläffen des Hundes machte Tyler nervös. Irgendwo hinter dem Haus, in der dunklen, kalten Winternacht war ein Hund angekettet und bellte. Unaufhörlich.

Dreimal, dann zweimal. Wauwauwau. Wauwau.

Tyler saß mit der Golftasche auf dem Rücksitz des kalten Wagens und musterte das Haus. Jeder Ziegelstein war mit Gewalt oder Erpressung gekauft. Es stank nach Angst.

Wauwauwau. Wauwau.

Er wischte sich die feuchten Hände an der Hose, müde vom Warten.

Das Gelände um das Haus herum war grell beleuchtet. Gestutzte Hecken, beschnittene Büsche, Bäume, denen man die tiefhängenden Zweige amputiert hatte – die ganze Kulisse wirkte nackt und kahl, mit der grellen Illumination wie ein Rummelplatz im Sommer. Ohne Menschen.

»Hier stimmt etwas nicht«, bemerkte er. »Da ist etwas los.«

»Was denn?« fragte Basche.

»Weiß ich auch nicht. Die Festbeleuchtung und nirgends ein Mensch zu sehen. Wo sind sie alle? Wo ist Ha Ha?«

»Oh, der ist drinnen. Ich habe ihn hineinfahren sehen.«

»Leute seines Schlags kutschieren nicht allein durch die Gegend. Hat er nicht einen Leibwächter oder so was? Das ist mir zu einfach.«

»Fahren wir noch einmal um das Haus herum«, schlug Dan Lyons vor. »Wir können den Rückteil des Hauses durch die Bäume sehen.«

Tylers Blicke kehrten zum Haus zurück. Es paßte nicht zu dem Büro – und beide konnten nicht zu demselben Menschen passen. Ha Has Büro war alt und heruntergekommen und verstaubt. Das Haus stank nach Geld und Luxus – von den gepflasterten Wegen bis hin zu den allzu kostbaren Gaslampen und den Bleiglasfenstern.

Tyler seufzte. In der Dunkelheit übte er das Entsichern der Handfeuerwaffe, die er im Schoß hielt.

Während der Wagen langsam durch die Straßen rollte, dachte Tyler voller Befriedigung an Fleagle, wie er rücklings auf dem kalten nassen Boden gelegen hatte, besiegt, niedergeworfen. Mehr, mehr, mehr: Armeen toter Verbrecher in Reih und Glied. Die Gesellschaft würde sich die drosselnden Finger der Verbrecher vom Hals reißen.

Dreimal, dann zweimal. Über das Brummen des Motors hinweg konnte er es immer noch hören. Am liebsten hätte er den Hund umgebracht. Wie halten die Nachbarn das aus?

In der Straße hinter Ha Has Haus hielt Basche an. Sie konnten einen hellerleuchteten, einstöckigen Flügel sehen, der aus dem rückwärtigen Teil des Hauses hervorsprang, und eine lange, alleinstehende Remise und ein überdachtes Schwimmbecken. Tylers suchende Augen fanden auch einen großen Zwinger. Mehr als ein Hund befand sich darin. Kahle Bäume schwankten im böigen Nachtwind.

Nachdenklich strich sich Tyler über den Schnurrbart. Am liebsten wäre er hineingestürmt, hätte geschossen und sich dann aus dem Staub gemacht. Er holte tief Atem. Basche brauchte eine Ewigkeit für die Inspektionsfahrt. Endlich bog der Wagen wieder in die Straße ein, in der Ha Has Haus stand.

»Nun«, sagte Basche, »Ha Ha scheint allein zu sein. Was meint ihr?«

Tyler nickte hastig. »Los, laßt uns schnurstracks hineinfahren.«

Lyons nickte kurz.

Basche zog das Lenkrad herum; und der Wagen rollte die Auffahrt zu Charlie Ha Has Haus entlang.

Das Rückgebäude war eine große Backsteingarage, die sieben bis acht Wagen Platz bot und so gebaut war, daß sie einer alten Remise glich. Das ganze Grundstück, das zum Haus gehörte, war erleuchtet, auch das Schwimmbecken, das mit langen Plastikstreifen überdeckt war, deren Enden im Winterwind flatterten.

»Wie auf einem Rummelplatz«, bemerkte Basche.

Er hielt den Wagen in der Nähe der hohen Backsteinmauer des Hauptgebäudes an. Vor ihnen lag ein einstöckiger Flügel des Hauses; er schien aus einem einzigen, riesigen Raum mit vielen Fenstern zu bestehen und erinnerte an ein mittelalterliches Refektorium. Auch dieser Saal war hell erleuchtet.

Der Hund kläffte jetzt noch wütender. Siebenmal und dreimal. Das Gebell klang höher. Tyler konnte ihn sehen – es war einer von drei Dobermännern. Und nur er bellte. Die anderen beiden streiften rastlos am Maschenzaun entlang, hinter dem sie eingesperrt waren.

»Da ist er«, sagte Basche.

Durch das Fenster sah Tyler einen weißen, beinahe haarlosen, eiförmigen Kopf.

»Woher weißt du, daß das Ha Ha ist?« fragte Tyler.

Seine Hände waren eiskalt. Und feucht. Und sie zitterten. In seinem Magen lag ein schwerer Eisklumpen.

»Er ist es«, bestätigte Lyons.

»Woher wißt ihr das?« fragte Tyler wieder und erhob die Stimme.

»Ich erkenne ihn.«

»Dann gehen wir«, sagte Tyler, bemüht, im Bariton zu sprechen.

Basche öffnete die Wagentür und stieg aus. Lyons folgte, dann Tyler. Laß mich nur nicht in letzter Minute kneifen, dachte Tyler. Die drei Hunde begannen wie wild zu kläffen.

Sie schritten auf den Flügel des Hauses zu, marschierten die Auffahrt an der Garage entlang. Als sie sich dem Haus näherten, konnte Tyler einen ungewöhnlich großen Konferenztisch erkennen, um den mehrere Dutzend Stühle herumstanden. An einem Ende, in der Nähe der Tür, saß der Mann, das Kinn in die hohle Hand gestützt, aus leeren Augen durch das Zimmer starrend. Vor ihm standen ein Glas Wasser und ein gläserner Wasserkrug. Er spielte müßig mit etwas in seinen Händen. Tyler musterte den Tisch.

Vor jedem Stuhl hing ein gelber Block mit einem frisch gespitzten Bleistift daneben. Es sah alles so nüchtern und sachlich aus, als stünde eine Besprechung des Finanzausschusses des Stadtrats bevor. Auf einem Serviertisch an der gegenüberliegenden Wand standen mehrere Dutzend Flaschen, Eiskübel und Gläser.

»Bist du sicher, daß das Ha Ha ist?« flüsterte Tyler.

»Ja«, gab Lyons zurück.

Tyler spürte, wie ihm ein Schweißtropfen den Rücken hinunterrann.

Roger Basche drehte vorsichtig den Knauf der Seitentür. Sie öffnete sich, und er trat ins Haus.

Als Charlie Ha Ha sich umdrehte, zeigte er sein eiförmiges Gesicht. Um die Wangen herum war es besonders gerötet. Seine Augen verrieten Erschöpfung – die restlose Erschöpfung eines Tiers, das erbarmungslos gehetzt worden ist. Sein Jackett hing wie ein zusammengeklapptes Zelt um seinen Körper.

Er drehte sich um und blickte auf die drei Gesichter hinter sich, wandte ihnen beinahe gleichgültig, mit unbeschreiblicher Müdigkeit sein Gesicht zu.

Seine Finger spielten mit dem Verschluß eines Tablettenröhrchens.

»Was wollen Sie?«

»Sind Sie Charlie Ha Ha?« fragte Basche.

Der dicke Mann drehte sich noch weiter um. Er blickte auf Tylers Gesicht und Schnurrbart, auf den tadellos gekleideten Basche und dann auf Lyons. Mit besonderer Aufmerksamkeit auf Lyons. Er richtete die Antwort auf die Frage an Lyons.

»Was wollen Sie von mir?«

»Es ist möglich, daß wir einen gemeinsamen Freund haben.«

Charlie Ha Ha schnaubte und schüttete mehrere Tabletten in

seine schwammige, rosige Handfläche und steckte sie in den Mund. Er trank einen Schluck Wasser.

»Ja? Wer wäre das denn?«

»Sind Sie erkältet, Mr. Ha Ha?«

»Das Herz«, erwiderte der Dicke. »Wer ist dieser gemeinsame Bekannte?«

»Fleagle.«

»Fleagle. Der ist ein Freund von Ihnen?«

»Wahrscheinlich eher ein Freund von Ihnen«, versetzte Basche.

Ha Ha zuckte die Achseln.

»Was wissen Sie von Fleagle?«

»Sie haben ihn dafür bezahlt, Vinnie Reece umzubringen.«

Ha Ha schüttelte den Kopf.

»Als Reece starb, starb auch ich. Er hat mich mit sich ins Grab gezogen.«

Seine Hand massierte langsam seine Brust, und sein Gesicht verzog sich unter Schmerzen.

»Sie sehen nicht wie ein Toter aus.«

»Der Schein trügt.«

Er schüttete noch ein halbes Dutzend Tabletten in seine Hand und schob sie in den Mund. Er schmatzte mit den Lippen, als er aus dem Glas trank. Er schluckte geräuschvoll.

»In etwa fünf Minuten werden hier dreiundzwanzig Männer zu einer wichtigen geschäftlichen Besprechung eintreffen. Ich würde Ihnen nicht raten, noch hier zu sein, wenn sie durch diese Tür kommen.«

Tyler blickte auf Lyons' nachdenklich verzogenes Gesicht, dann auf Basches ausdruckslose Miene. Er zog die Pistole mit dem langen Schalldämpfer aus dem Gürtel. Langsam hob er sie.

»Sie werden sich wundern, wenn Sie nicht hier sind, Mr. Ha Ha«, sagte Lyons.

»Oh, ich werde hier sein. Ich gehe nicht weg.«

»Das wird sich zeigen. Würden Sie freundlicherweise aufstehen und mitkommen?«

Charlie Ha Ha streckte beide Arme auf dem langen Tisch aus, legte seinen Kopf seitlich zwischen sie, so als sei er todmüde. Sein ganzer haarloser Kopf hatte sich rosig gefärbt wie der eines Säuglings. Da lag er nun reglos, rosig wie ein Neugeborenes.

»Die edlen Ritter«, murmelte er. »Ihr seid Bestien genau wie alle anderen.«

»Gehen wir, Ha Ha«, sagte Basche.

Charlie Ha Ha hob nicht einmal den Kopf.

»He! Ha Ha. Kommen Sie!«

Lyons trat zu Charlie Ha Ha und neigte den Kopf, um ihm ins Gesicht zu sehen.

Tyler blickte fasziniert auf seine eigene rechte Hand. Sein Daumen entsicherte die Pistole, und sein Auge kniff sich zusammen, als er am langen Lauf des Schalldämpfers entlangzielte. Dann krachte unvermittelt der Schuß. Charlie Ha Ha bewegte sich nicht, obwohl jetzt ein schwarzes Loch in seinem Rücken klaffte, unmittelbar unter dem Kragen seines Jacketts. Das leere Tablettenröhrchen fiel klappernd zu Boden und blieb liegen.

»Gehen wir«, drängte Tyler und fuchtelte mit der Pistole. »Gehen wir. Schnell! Schnell!«

Er wich zur Tür zurück. Voller Entsetzen sah er zu, wie Lyons sich niederbeugte, das Glasröhrchen aufhob und dann stirnrunzelnd zu Basche und Tyler blickte.

»Ich glaube, wir sind gerade Zeugen eines Selbstmords geworden.« Er hielt das Röhrchen Tyler hin. »Du hast einen Toten erschossen.«

Basche steuerte den Wagen um die Ecke und parkte mit ausgeschalteten Scheinwerfern am Bordstein.

»Was machen wir hier?« fragte Tyler.

»Wir warten«, erwiderte Basche. »Ich möchte sehen, wer diese dreiundzwanzig Männer sind.«

Tyler wand sich auf seinem Sitz. Seine Nerven waren so straff gespannt wie die Saiten eines Banjos. Und das nicht enden wollende Gekläff des Hundes zermürbte ihn. Er wollte sich irgendwo an einem stillen Ort verkriechen und sich langsam entspannen.

»Wir müssen verschwinden.«

Er fröstelte wie ein Mensch, der dem Erfrierungstod nahe ist.

»Geduld, Geduld«, gab Basche zurück.

»Da kommen ein paar Autos«, sagte Lyons.

Sie sahen zu, wie die Wagen über die Kreuzung fuhren und in die Auffahrt von Ha Has Haus einbogen. Fünf achtsitzige Limousinen. Sie parkten parallel zueinander.

Ein Mann stieg aus dem ersten Wagen. Er trug einen Wintermantel. Keinen Hut. Ein riesiger Mann. Er ging langsam, mißtrauisch zur Tür des Konferenzsaals. Seine Augen suchten das Dach ab, das Gebüsch, die Schatten an der Garagenmauer. Er spähte durch ein Fenster in den Saal und eilte dann hastig zum ersten Fahrzeug zurück. Er sprach durch das Wagenfenster, rannte wieder zur Tür und betrat das Haus. Wenige Sekunden später tauchte er wieder auf.

Jetzt stiegen weitere Männer aus den Autos. Vorsichtig, mißtrauisch. Türen knallten.

Die drei Hunde heulten und kläfften ohne Unterlaß.

Eine Gruppe von Männern betrat das Haus. Eine zweite Gruppe suchte das Gelände ab und kehrte zurück. Auch sie ging ins Haus. Ein Mann hastete aus dem Gebäude und sprach mit jemandem, der noch im ersten Wagen saß. Er sprach und nickte durch das Fenster. Die anderen Männer kamen aus dem Haus und blieben sprechend und abwartend in der Auffahrt stehen.

Der Mann trat vom Wagen weg und rannte zum Haus. Er winkte den anderen, ihm zu folgen. Eilig betraten sie wieder das Gebäude. Lichter flammten in jedem Zimmer des Hauses auf. Zwei Fahrzeuge rollten rückwärts aus der Auffahrt hinaus und fuhren in entgegengesetzter Richtung davon, langsam, suchend, lauernd.

Die Plünderung von Charlie Ha Has Haus hatte begonnen. In jedem Zimmer suchten sie, zerstörten sie. Sie gingen rasch vorwärts, räumten Schränke aus, zogen Schubladen auf, zerschlitzten die Bezüge gepolsterter Möbelstücke, schlugen Teppiche um. Hin und wieder erschien einer von ihnen mit Stapeln von Papieren und Akten. Diese wurden zum ersten Wagen getragen und eilig in den Fond geworfen. Tyler sah, wie aus einem Fenster im ersten Stock eine Wolke von Bettfedern in die Luft stieg.

Eine Lichtflut drang plötzlich in den Wagen, und sie hörten das leise Pulsen des Motors, als die große Limousine auf sie zukroch. Tyler zog die Pistole aus dem Gürtel. Er zitterte und mußte gegen das überwätigende Bedürfnis ankämpfen, aufzuspringen und zu feuern. Die Limousine befand sich auf gleicher Höhe mit ihrem Wagen und hielt an. Der Motor lief.

Sie warteten. Tyler lauschte und wartete auf das Knacken der Wagentür. Der Motor brummte immer noch.

Plötzlich heulte der Motor auf, und das Geräusch entfernte sich.

»Nicht bewegen«, sagte Basche. »Sie stoßen zurück. Nicht bewegen.«

Sie warteten. Und warteten.

»Was ist denn los?« fragte Tyler.

»Warte.«

Plötzlich wurde das Innere des Wagens in Helligkeit getaucht, als der Fahrer der Limousine das Fernlicht einschaltete.

»Hinterhältige Hunde!« knurrte Basche. Es wurde wieder dunkel. »Nicht rühren. Ich sehe einmal nach.« Einen Moment später seufzte Basche erleichtert. »Okay, kommt wieder hoch.«

»Verdammt noch mal, Basche«, schimpfte Tyler, »verschwinden wir doch endlich.«

»Ruhig Blut, Joey. Jetzt können wir nicht abfahren. Wenn mich nicht alles täuscht, werden die Burschen selbst gleich abrauschen. Warte noch einen Moment.«

Noch während er sprach, eilten die Männer aus dem Haus und

zu den Wagen. Wieder knallten Wagentüren. Schließlich wendete die erste Limousine und brauste die Auffahrt hinunter. Die anderen folgten. Der Zug entfernte sich so rasch, wie er gekommen war.

Basche schaltete den Motor ein und fuhr den Limousinen nach.

Tyler hockte mit verschränkten Armen und übergeschlagenen Beinen in der Ecke des Rücksitzes. Er war erschöpft, und die Heizungsluft machte ihn schläfrig. Er starrte auf den Strom entgegenkommender Autoscheinwerfer, während der Wagen die Schnellstraße entlangraste. Die Wagenkolonne vor ihnen jagte mit hoher Geschwindigkeit dahin, und Basche trat hart aufs Gaspedal, um ihr auf den Fersen zu bleiben. Seine Augen blickten immer wieder in den Rückspiegel und hielten nach Streifenwagen Ausschau.

Tyler dachte an das Loch in Ha Has Rücken. Er hatte es getan. Er hatte auf ihn geschossen und geglaubt, er hätte ihn getötet. Kein Blitz war vom Himmel herniedergefahren, kein Fanfarenstoß ewiger Verdammnis hatte sein Hirn erschüttert. Er hatte nichts weiter empfunden als eine gewisse Befriedigung über seine Leistung.

Er hatte es geschafft.

Nun ja, beinahe wenigstens. Ha Ha war ihm kurz zuvor entschlüpft.

Er spürte, wie seine Augenlider flatterten.

»Ich weiß nicht«, sagte Roger Basche.

»Ja, findest du denn nicht, daß es wichtig ist?« fragte Lyons.

»Was denn?« wollte Tyler wissen und hob den Kopf.

»Warum Ha Ha Selbstmord begangen hat.«

Dieses verdammte Hirn, das niemals ruhte. Frage. Frage. Frage. Tyler blickte mürrisch auf die endlose Wagenkette unter dem schwarzen Nachthimmel. Natürlich: Warum?

»Was meinst du denn?«

Lyons rutschte unruhig auf seinem Sitz hin und her. »Hundertfünfzig in der Stunde. Diese Leute scheinen vor der Polizei überhaupt keinen Respekt zu haben.« Er drehte sich nach Tyler um. »Ich weiß es nicht. Warum?«

Tyler zuckte die Achseln. »Er erkannte, daß wir vorhatten, ihn zu töten.«

Lyons sagte nichts.

»Nun?« fragte Tyler.

Lyons hob die Schultern. »Okay.«

»Hast du vielleicht einen besseren Einfall?«

Tyler starrte auf Lyons' Kopf. Sag etwas, um Gottes willen. Er spürte förmlich, wie Lyons nachdachte.

»Ha Ha hatte keine Angst vor uns. Er wollte die Tabletten schon nehmen, ehe wir auftauchten. Er hatte vor den anderen Angst.«

»Aber er erwartete sie doch. Er hatte die Besprechung doch offenbar selbst anberaumt.«

Lyons nickte. »Und ich wette, Gegenstand der Besprechung war die Aburteilung von Charlie Ha Ha.«

Am Kennedy Airport staute sich der Verkehr, und die Fahrt der Kolonne verlangsamte sich beträchtlich. In der Nähe vom Battery Tunnel bog die Kolonne von der Schnellstraße ab.

»He«, rief Tyler. »Ich weiß, wohin sie fahren.«

»Richtig«, sagte Basche. »Zu Ha Has Büro.«

Ha Has Büro bot dem Suchtrupp keine Schwierigkeiten. Innerhalb von vier Minuten hatten sie es zu Kleinholz gemacht. Jeder Fetzen Papier wurde mitgenommen und in den Fond der Limousine geworfen.

Tyler beobachtete sie nachdenklich. Ein kleines, schwarzes Buch? Eine Heroinlieferung? Der Schlüssel zu einem Banktresor?

Wie eine Schlange entringelte sich die Kolonne und fuhr zum Brooklyn Battery Tunnel davon.

»Fährst du ihnen nicht nach?« fragte Tyler.

»Nein«, versetzte Basche. »Bleib mal eine Minute still sitzen.«

Sie warteten im dunklen Wagen.

Einen Moment später kehrte eine der Limousinen zurück, raste durch die Gasse, um das Gebäude herum, hielt vor dem Haus kurz an, rollte wieder davon.

»Eine gerissene Bande, wie?« sagte Basche. »Warten wir noch zehn Minuten, dann gehen wir hinein.«

Lyons trat als erster in die Büroräume und ging direkt zum Wandsafe. Der stand jetzt offen.

»Mensch«, sagte Tyler, der über Lyons' Schulter spähte. »Den haben die Kerle im Handumdrehen aufgehabt.«

»Profis«, sagte Basche. »Echte Profis.«

Lyons stand im grellen Licht der Deckenlampe inmitten der Trümmer und blickte in den Safe. Auch Tyler spähte hinein. Eine kleine Flasche stand da. Sodium Pentothal. Daneben lag eine Spritze.

Tyler sah, wie Lyons sich die Beuge seines Armes rieb.

7

Charlie Ha Ha saß bequem in seinem Sessel, den Körper gegen die eine Armlehne der hochrückigen Louis-Quinze-Reproduktion gelehnt. Das eine Bein war über das Knie des anderen gelegt, der Kopf fragend zur Seite geneigt. Während er mit glasiger Gelassenheit auf den Whisky mit Eis blickte, der vor ihm auf dem polierten Mahagonitisch stand, schien er an der großen Gardenie zu riechen, die im Knopfloch seines Smokings steckte.

Um ihn herum standen Männer im Smoking, tranken und redeten. Aus dem Hintergrund des geschmackvoll eingerichteten Raums kamen die Klänge von Glenn Millers ›Tuxedo Junction‹.

Der weißbefrackte Barkeeper huschte dienstbeflissen zwischen den Gästen hin und her, reichte großzügig gefüllte Gläser herum.

Mrs. Charlie Ha Ha stand in einem auffallenden Abendkleid aus lichtblauem Samt an der Tür.

Ozzie New York Avenue, dem in seinem Smoking nicht behaglich war, lehnte an der Wand und schlürfte einen Martini. Dann sah er seinen Leibwächter an.

»Na, wo, zum Teufel, ist er?«

»Er wird schon kommen.«

Ozzie blickte kritisch auf Charlie Ha Ha und dann auf Mrs. Ha Ha.

»Der ganze Einfall stammt von ihr. Dies Jahr der letzte Schrei in Hollywood.«

Der Leibwächter zuckte die Achseln und reckte den Hals aus dem engen, steifen Kragen.

»Du bist ganz sicher, daß du den Burschen erkennst, wenn er kommt?« fragte Ozzie.

Der Leibwächter nickte. »Klar, Ozzie. Ich könnte sogar im Schlaf ein Bild von ihm zeichnen.«

»Reinste Zeitverschwendung, wenn du mich fragst. Ist sowieso eine Sache für Fleagle. Warum nehmen sie nicht den?«

Der Leibwächter drehte den Kopf.

»Ist das klassische Musik?«

»Ja. Die New Yorker Philharmoniker unter Glenn Miller. Ein blödes Frauenzimmer!«

Ozzie New York Avenue stemmte sich von der Wand ab und ging zur Bar.

Charlie Ha Ha stierte immer noch selig in sein Glas.

Roger Basche stand an der Tür auf der anderen Seite des Gangs und beobachte die Cocktailparty. Das Wort ›obszön‹ schoß ihm durch den Kopf.

»Wenn ihr beide nicht hier wärt«, sagte er, »würde ich das hier für einen Witz halten.« Er neigte den Kopf und spähte an einem Smoking vorbei zu Charlie Ha Ha. Ha Ha blickte nicht auf. Basche sah Lyons an und schüttelte den Kopf. »Unglaublich. Bist du sicher, daß das Ozzie wie-heißt-er-gleich ist, der da mit diesem Kretin an der Wand lehnt?«

Lyons trat ein Stück weiter auf den Gang und blickte in den Raum.

»Ja, das ist er. Ungefähr fünf Jahre älter als auf dem Foto.«

Er trat zurück, und Basches Augen folgten ihm. Schlau und listig. Lyons wich ins Zimmer zurück zum Sarg der Miss Deirdre Gallaher, vierundachtzig, geboren in Londonderry, Irland.

Friedlich, den Rosenkranz zwischen den gefalteten Händen, lag sie da. Tyler blickte auf sie nieder.

»Ich finde, wir sollten uns aus dem Staub machen. Was tun wir, wenn ihre Angehörigen plötzlich hier auftauchen?«

»Wir tun, als wären wir liebe, trauernde Freunde«, sagte Basche.

»So etwas von Kaltblütigkeit –«

»Friede! Friede«, warf Lyons ein.

»Okay«, sagte Basche. »Behalt du nur diesen Ozzie im Auge.« Er sah wieder voller Unbehagen zu Charlie Ha Ha hinüber.

Der alte Mann, der keinen Smoking trug, schlurfte arthritisch durch den gefliesten Gang und blieb an der Tür des Raumes stehen, in dem die Abschiedsparty für Mr. Charlie Ha Ha in vollem Gange war. Mrs. Ha Ha tätschelte ihm sogleich lebhaft den Arm und lächelte zuckersüß, während sie ihn zu Charlie Ha Ha führte.

Basche sah aufmerksam zu. In den letzten Tagen hatte es Momente gegeben, wo er das Gefühl gehabt hatte, daß sie eine Büchse der Pandora geöffnet hatten. Die Welt, in die sie hineingestolpert waren, verwirrte ihn. Er musterte die Männer in dem großen Raum. Sie waren zornig. Sie sprachen mit schneidenden, gesenkten Stimmen und schwenkten ihre Gläser, um ihren Argumenten mehr Nachdruck zu geben. Sie waren Zerstörer, Menschen ohne Gewissen und ohne Erbarmen. Kein Wunder, daß Tyler sie so haßte.

Die meisten von ihnen blickten immer wieder mit zorniger Miene zu der heiteren Mrs. Ha Ha hin.

Jetzt beobachteten sie den alten Mann, der vor Ha Ha stand. Ozzie New York Avenue und sein Leibwächter waren zur Tür getreten und musterten aufmerksam den alten Mann. Basche verstand ihre Aufmerksamkeit.

Mrs. Ha Ha drückte dem alten Mann ein Glas Wein in die rauhen Hände, und er stand unbeholfen und gebeugt mit dem Glas in der Hand da.

Basche wandte sich um und blickte Tyler an. Den reizbaren, erregbaren, fanatischen Tyler. Und den verschwiegenen, listigen Lyons. Basche fiel plötzlich ein, daß er gar nicht wußte, ob er diese beiden Verbündeten mochte oder nicht. Er war nicht sicher, ob er den Tod von Vinnie Reece als Verlust empfand. Er war nicht einmal sicher, ob die Beseitigung von Verbrechern gar so befriedigend war. Aber dieser Ozzie. Das war etwas anderes. Er empfand etwas von Tylers erbarmungslosem Zorn, wenn er diesen Ozzie New York Avenue ansah. Ein perverser Idiot. Jeder, der sich Ozzie New York Avenue nennt, hat eine verkümmerte, unreife, romantische Ader – verbunden mit einem völlig unterentwickelten Sinn für menschliches Empfinden.

Einige der Männer begannen zur Tür zu drängen. Sie bedachten Mrs. Ha Ha mit wenigen gemurmelten Worten.

»Es geht los, Freunde«, sagte Basche, als er in Miss Gallahers Zimmer trat. »Die Gesellschaft löst sich auf.«

Er blickte über den Gang zu Charlie Ha Ha hinüber.

Tyler war fuchsteufelswild. »Mit einer Pferdepeitsche sollte man sie dafür verprügeln. Abschiedsparty mit Cocktails in einem Bestattungsinstitut.«

»Sch, sch«, sagte Basche. »Ich gehe als erster. Ich sehe euch draußen im Wagen.«

Basche mischte sich unter die Männer mit den zornigen Gesichtern. Die Partygäste ließen Charlie Ha Ha allein in seinem Louis-Quinze-Sessel zurück, während Mrs. Ha Ha mit dem Bestattungsunternehmer sprach.

Charlie Ha Ha starrte immer noch in sein Glas.

Der Pikkolo saß hinter dem Steuer seines Wagens und dachte nach. Der schwere, tiefhängende Dezemberhimmel kündigte einen Hagelsturm an.

Er wartete, während er sein pickeliges Gesicht im Rückspiegel musterte. Um ihn herum beugte der stürmische Wind das hohe Schilfgras. Er zog einen Taschenkamm heraus und kämmte sein lockiges, schwarzes Haar. Er fröstelte und schaltete den Motor ein. Warme Luft strömte ihm um die mageren Beine.

Langsam glitten seine Augen über die Reihe leerer Mülltonnen hinter dem Gasthaus. Er hatte sie am Abend zuvor gefüllt, und die Schweinezüchter hatten sie geleert. Jeden Abend gefüllt. Jeden Morgen geleert.

Er nahm die Zeitung zur Hand und las noch einmal, was er schon gelesen hatte. Er wartete.

Wie eine Kobra schlängelte sich der Wagen zwischen hohem Schilfrohr hindurch auf der gewundenen Straße zum Gasthaus. Neben dem Fahrzeug des Pikkolos hielt er an. Der Fahrer blickte auf den Jungen, dann auf Fleagles Wagen. Sein glattes, schwarzes Haar, das stark pomadisiert war, lag wie emaillierte Farbe auf seinem Schädel, und seine glanzlosen Augen schweiften ohne Ausdruck von Ding zu Ding, von Tatsache zu Tatsache.

Er stieg aus dem Wagen und ging hinüber zu dem Pikkolo, deutete das Nicken des Jungen richtig. Er glitt die Böschung des Parkplatzes hinunter. Es war kalt, und die Wasser der Bucht schimmerten so matt wie altes Zinn.

Der Mann bewegte sich mit geschmeidiger Anmut, als er sich

Schritt für Schritt einen Weg durch die morastige Marsch zu der Gruppe blattloser Bäume bahnte.

Die Leiche war schon in Verwesung übergegangen. Die Leichenstarre war gekommen und hatte sich wieder gelöst, und der Kadaver war jetzt aufgequollen. Der Mann beugte sich darüber und studierte mit Sorgfalt das Gesicht. Er sah sich die Verletzung an, drehte sich dann um und schätzte die Entfernung bis zur Böschung des Parkplatzes. Er betrachtete die erdverkrusteten Schuhe, die schmutzstarren Socken und Hosenaufschläge. Ungerührt durchsuchte er die Taschen des Jacketts, ließ den Drehbleistift fallen, den er fand.

Schließlich wandte er sich um und ging, hüpfte, sprang über die Wiese zurück zur Böschung. Er eilte hinauf. Er warf einen weißen Umschlag durch das offene Fenster des Wagens, in dem der Pikkolo wartete, setzte sich in sein Fahrzeug und fuhr langsam davon.

Der Wagen des Pikkolos folgte.

Fleagles Wagen stand wieder allein in der hereinbrechenden Dunkelheit.

Das Lenkrad war kalt wie Eis. Der frühe Dezemberabend war gekommen, während sie im Bestattungsinstitut gewesen waren, und ein heimatloser Wind jagte den Boulevard entlang und trieb Staub und Abfälle vor sich her.

Basche blickte auf die endlose Parade von Scheinwerfern, die grell erleuchteten Reklamen der Geschäfte am Straßenrand und die kitschigen Weihnachtsdekorationen aus Plastik. Das Leuchtschild des Bestattungsinstituts hob sich in kaltem Weiß aus der Dunkelheit. Kalt. So kalt.

Sein Geist lehnte sich dagegen auf. Er schritt statt dessen auf einem harten Pfad dahin, der den Rand der afrikanischen Wüste begrenzte. Er schritt in jenem unvergeßlichen, weichen, goldenen Licht der Tropen und fühlte die Luft, die sich heiß und trocken von der Wüste herwälzte, und seine Augen waren suchend auf das kurze, braune Gras gerichtet, während er dem schweißnassen Führer folgte und den Boden unter seinen Stiefeln knirschen hörte und den Schweiß zwischen seinen Schultern spürte. Bereit, bereit für das plötzliche Auftauchen eines Tiers und den präzisen, kaltblütigen Schwung seines Gewehrs, den Schuß, den Treffer.

Immer schritt er durch diese große Einöde, immer neugierig, welches Tier diesmal in diesem herrlichen Teil einer nur im Geist bestehenden Landschaft, fern von Kälte, Ruß und kitschigem Weihnachtsflitter, aus der Deckung hervorbrechen würde. Das Tier war ein Gradmesser seiner Stimmung.

Diesmal schreckte er kein Tier auf. Seine Phantasie wurde unterbrochen. Er sah Ozzie und seinen Leibwächter aus dem Haus treten. Sie stiegen in einen Cadillac. Verbrechen macht sich bezahlt.

Der Leibwächter setzte sich hinter das Steuer, und in diesem Moment überquerten Tyler und Lyons den noch grünen Rasen vor dem Bestattungsinstitut.

Tyler klapperte hörbar mit den Zähnen.

»Das wäre der richtige Abend für ein Kaminfeuer und eine Flasche Whisky«, sagte er.

»Da sind sie«, erklärte Basche und deutete auf den Cadillac. »Ich will lieber einen oder zwei Wagen zwischen ihnen und uns lassen.«

Der Cadillac sprang abrupt in den Verkehrsstrom hinaus. Basche stürzte sich fünf Wagen dahinter ins Gewühl.

»Wenn man einen Kugelblitz in diese Party hätte hineinjagen können«, sagte Lyons, »hätte man die Hälfte aller Gangstersyndikate in diesem Land hochgehen lassen können.«

»Die Frau ist nicht normal«, sagte Tyler. »Sie hat einen Hanswurst aus ihm gemacht.«

»Vielleicht«, meinte Lyons, »wollte sie das.«

Basche lachte. »Guter Gott, Lyons, deine Gedanken gehen wirklich seltsame Wege.«

Basche befand sich jetzt vier Wagen hinter dem Cadillac. Er behielt den Cadillac im Auge, als dieser in die Einfahrt zum Belt Parkway einbog, und folgte ihm mit wachsendem Interesse.

»Warum fährt er so langsam?« fragte Lyons.

»Wißt ihr was?« sagte Basche. »Wir haben hier ein Rädchen im Rädchen. Wir folgen einem Wagen, der einem anderen Wagen folgt.«

»Was?« rief Tyler.

»Siehst du den Cadillac? Das ist Ozzie, die Bestie. Siehst du den Wagen davor? Dem folgt er, seit wir vom Bestattungsinstitut weggefahren sind.«

»Und wer sitzt in dem ersten Wagen?« fragte Tyler.

Basche runzelte die Stirn. »Keine Ahnung.«

Der Cadillac führte sie nach Brooklyn, nach Fort Hamilton und in die Seventh Avenue, zu einer dicht mit Reihenhäusern besiedelten Gegend. Der erste Wagen bog in eine Auffahrt ein und hielt vor einer Garage. Der Cadillac folgte.

»Schnell«, sagte Tyler. »Da, bei dem Hydranten ist eine Lücke.«

Basche steuerte den Wagen auf den freien Platz und hielt an. Er schaltete die Scheinwerfer aus.

Der erste Wagen war eine alte, viertürige Limousine. Eine Gestalt stieg langsam in die Dunkelheit hinaus.

»Das ist der alte Mann, den wir beim Leichenschmaus gesehen haben.«

Ozzie und sein Leibwächter stiegen aus dem Cadillac und riefen den alten Mann an. Er drehte sich um und musterte ihre dunklen Gestalten mit einer Mischung aus Mißtrauen und Ärger.

»Sag mir mal jemand, was da vorgeht«, verlangte Tyler. »Wer ist der Alte?«

Ozzie und der Leibwächter sprachen mit dem alten Mann. Ozzie wies mit dem Daumen über seine Schulter nach rückwärts. Der Alte schüttelte den Kopf und deutete auf eines der Reihenhäuser. Er sah auf seine Uhr. Ozzie schob aggressiv den Kopf vor und sprach auf den alten Mann ein. Er hob drohend einen Finger.

Der alte Mann blickte noch einmal auf das Reihenhaus, seufzte und schritt zum Cadillac. Er stieg in den Fond. Der Leibwächter stieß zurück, auf die Straße hinaus, und fuhr davon. Basche folgte ihm.

Der Cadillac fuhr schnurstracks zum Belt Parkway. Er fuhr schnell, sprang von einer Fahrspur zur anderen, um langsame Fahrzeuge zu überholen. Basche folgte, raste die Schnellstraße entlang, bis ihm ein auf der linken Spur dahinkriechender Wagen den Weg versperrte. Er hupte und blinkte wütend mit den Scheinwerfern. Der Wagen vor ihm bequemte sich gemächlich zur mittleren Spur hinüber, und Basche raste wieder dem Cadillac nach.

»Wir haben ihn verloren«, sagte er.

Sie brausten an mehreren Fahrzeugen vorüber.

»Schnell nach rechts!« rief Lyons. »Er biegt da drüben ab. Siehst du ihn?«

Basche jagte schräg über die beiden Innenspuren hinweg nach rechts, scherte knapp vor einem anderen Wagen ein, stieg hart auf die Bremse, schoß in die Ausfahrt.

Er seufzte tief. Zwei Wagen vor ihnen befand sich der Cadillac.

»Den Kerl möchte ich wegen rücksichtslosen Fahrens verhaften lassen. Der rast ja wie ein Irrer. Wo sind wir überhaupt?«

»Sheepshead Bay«, sagte Lyons.

Basche folgte dem Cadillac eine Uferstraße entlang. Als der Wagen in eine kleine Siedlung von alten Häusern und Bungalows einbog, fuhr Basche noch einige Blocks weiter, während Lyons und Tyler den Cadillac im Auge behielten, der zwischen den Häusern dahinrollte.

Basche schaltete die Scheinwerfer aus und parkte.

»Nun, er ist auf jeden Fall irgendwo da in der Siedlung. Wenn ich ihm nachgefahren wäre, hätte er gemerkt, daß er verfolgt wird.«

»Vielleicht hat er es schon gemerkt«, meinte Tyler.

Basche zuckte die Achseln.

»Das bezweifle ich. Ich bin ein guter Fahrer, Tyler.«

Tyler nickte. »Der Kerl in dem Cadillac auch.«

»Der ist nicht gut. Der ist verrückt.«

»Fahren wir zurück«, unterbrach Lyons.

»Ganz recht«, sagte Basche.

Sie fanden den Wagen leicht, parkten vor einem Betongebäude. Der Strand der Bucht lag hinter ihnen. Über der Tür des Gebäudes stand in großen Lettern ›BÜRO‹.

Basche musterte das Haus.

»Eben habe ich den Kopf dieses Ozzie am Fenster gesehen. Er redet immer noch. Ein phantastischer Schwätzer. Kann jemand erraten, wer der alte Mann ist?«

»Wie wäre es mit Arthur Pappas?« fragte Lyons.

»Wer ist das?«

»Der alte Mann, der für die Mount Aetna Importers arbeitet.«

»Wie?«

»Charlie Ha Has Firma.«

»Ich wußte gar nicht, daß außer Reece noch jemand für Charlie Ha Ha arbeitete.«

»Du warst doch in seinem Büro. Da standen drei Schreibtische, und der Name auf dem dritten Schild lautete Arthur Pappas. Das muß er sein. Ganz logisch, daß sie mit ihm reden wollen.«

»Natürlich«, meinte Tyler mit zusammengezogenen Brauen.

Basche fuhr den Wagen ein Stück straßabwärts und parkte in der Dunkelheit. Die Fenster der meisten Bungalows waren mit Brettern verbarrikadiert. Der Wind blies hier stärker, pfiff um die Hausecken, rüttelte am Wagen.

Basche blickte düster auf die Schwärze der Bucht.

»Für heute abend ist ein Hagelsturm angesagt«, murmelte er.

»Ich möchte wissen, wie lange die noch da drinnen bleiben.« Mit einem Seufzer lehnte er sich zurück.

Tyler streckte sich und gähnte. Sie warteten im heulenden Wind.

Basche schloß die Augen und überdachte seine Lage. Das Wild ist im Haus. Sie sind draußen, bewaffnet und bereit. Jetzt galt es zu warten, bis Ozzie aus dem Haus kam, um den Alten heimzufahren. Man mußte ihm folgen, auf den günstigsten Moment warten. Warten.

Er wollte sich gern wieder in seine afrikanische Ebene zurückziehen, doch sein Geist war ruhelos. Dieser Ozzie bedrängte ihn. Er war einer von Fleagles Kunden gewesen, ein Mann, der mit der gleichen Gelassenheit Prügel kaufte, mit der andere belegte Brötchen kauften.

Einen Fleagle konnte Basche verstehen. Sadistisch, grausam, mehr Bestie als Mensch, doch mit einem Teil der Integrität eines Tieres. Wenn er in einer Art Kampf von Mann zu Mann gegen den Gegner antrat. Doch die Ozzies dieser Welt, fern, gleichgültig, sachlich, eine Stimme am Telefon, die einen Namen und eine Adresse murmelt. Keine Entschuldigung, keine mildernden Umstände. Nur ein Name und eine Adresse per Telefon. Vollkommen sicher, feige, unerreichbar. Abschaum.

Er blickte auf Lyons, der diesen erschreckend durchdringenden Verstand besaß. Und immer arbeitete er, dieser Verstand, sortierte Fakten und Gedanken, setzte sie zu immer neuen Mustern zusammen.

Lyons hatte mit den gleichen Informationen, die er und Tyler besaßen, ausgeklügelt, wer dieser alte Mann war.

Er, Basche, hatte den alten Mann angesehen und zu sich selbst gesagt: Wer ist das? In der Datenbank seines Gedächtnisses war ein solches Gesicht nicht gespeichert. Also hatte er geantwortet: Ich weiß nicht, wer das ist, und aufgehört zu fragen.

Doch Lyons fragte nicht: Wer ist das? Er sagte, identifiziere dieses Gesicht, diesen Mann. Und wenn die Datenbank seines Gedächtnisses antwortete: Daten unzureichend, wir haben kein solches Gesicht gespeichert, dann wandte sich Lyons' forschender Verstand von den Datenbänken des Gedächtnisses ab und wanderte weiter in die Projektions- und Spekulationsräume des Hirns und sagte: Wer kann das sein? Das ist das Geheimnis. Lyons Verstand gab sich nicht zufrieden. Er war bereit, Spekulationen anzustellen. Er konnte eine Frage der letzten Woche nehmen, eine Frage dieser Woche hinzufügen und aus zwei Fragen eine Antwort machen.

Lyons' Verstand sagte: Ich weiß Dinge, von denen ich nicht weiß, daß ich sie weiß. Und die ganze Zeit hatte er gewußt, daß eine dritte Person in Ha Has Büro arbeitete, hatte sogar den Namen vermerkt und dem Gedächtnis einverleibt. Hatte diese Information aufbewahrt und dann einen Namen ohne Gesicht und ein Gesicht ohne Namen ineinandergefügt und, siehe da, eine ganz neue Information erhalten.

Vielleicht hatte Tyler recht. Was war gefährlicher? Erbarmungslosigkeit? Oder bodenlose Schlauheit?

Der eisige Wind drang langsam in den Wagen, und jeder von ihnen verfiel in sein eigenes, privates Schweigen. Basche wandte sich ab und floh in die weiten Ebenen Afrikas.

Seine Füße knirschten auf dem steinigen Pfad. Die Grashalme schienen höher, das Land heißer, die Sonne blendender, der trockkene Schirokko, der von der Wüste kam, beinahe reinigend in seiner Intensität. Auf dem Kamm einer Moräne scheuchte Basche sein Wild auf. Ozzie New York Avenue. Das Gewehr hob sich; er visierte den Mann an und jagte ihm eine Kugel durch den Kopf.

Basche kam aus seinem Traumland zurück und setzte sich auf.

»Ich habe einen Einfall, Lyons. Spielen wir dreizehn Fragen. Was sagst du, Tyler?« Er sah Lyons an. »Na, wie ist es? Laß sie uns noch einmal hören.«

Lyons richtete sich auf und seufzte.

»Wenn ich lange genug hier sitze«, sagte er, »wenn ich lange genug grüble und schürfe, dann werde ich die Antwort finden. Es gibt nämlich eine Antwort auf alle meine Fragen. Nur eine Antwort.

»Sag uns die Fragen noch einmal. Wie lautet die erste?«

»Warum und von wem habe ich den Einstich in meinem Arm? Von Charlie Ha Ha? In seinem Safe fanden wir eine Spritze und eine Flasche Sodium Penthotal. Wahrheitsserum. Warum? Was weiß ich? Ist das ganze Geheimnis in meinem Kopf? Weiß ich die Antwort, und weiß ich nicht, daß ich sie weiß?«

»Okay«, bemerkte Tyler. »Charlie Ha Ha hat dir die Spritze gegeben, um etwas ganz Bestimmtes von dir zu erfahren.«

»Diese Antwort wirft neue Fragen auf.«

»Na und?« meinte Tyler. »Sie liegen ja doch alle bald auf dem Friedhof, einschließlich Ozzies, dieser Bestie.«

»Wie lautete die nächste Frage, Lyons?« wollte Basche wissen.

»Wie gelangten die fraglichen Personen in eine abgeschlossene Wohnung?«

Basche zuckte die Achseln. »Was sonst noch?«

»Wieso bin ich nicht aufgewacht?«

»Versuch's mit einer anderen Frage. Diese Spritzengeschichte ist doch gar nicht wichtig.«

»Wer ist der Mann mit der roten Narbe am Hals?«

»Vielleicht Ozzie New York Avenue«, erwiderte Tyler. »Wenn er es nicht ist, dann der nächste. Im Eliminationsverfahren werden wir schon auf ihn stoßen.«

»Und die nächste Frage?« sagte Basche.

»Warum hat Charlie Ha Ha Selbstmord begangen? Warum brachte er sich unmittelbar vor einer großen Besprechung um? Wenn ein Mann Selbstmord verübt, dann weil ihm Schlimmeres bevorsteht als der Tod. Was kann das gewesen sein? Warum sagte er, daß Reece ihn mit sich ins Grab gezogen hat?«

Basche schüttelte den Kopf. »Was noch?«

»Warum wurde Vinnie Reeces Wohnung durchsucht, und wer hat sie durchsucht? Warum fielen sie wie die Heuschrecken über Charlie Ha Has Haus her, und wer waren die Leute? Warum räumten sie Ha Has Büro aus?«

»Und wer waren die Leute?« echote Tyler. »Sie suchen etwas.«

Lyons drehte sich um und sah Tyler an. Er nickte.

»Etwas, was im Kopf eines Menschen Platz hat«, sagte er.

»Was soll das heißen?«

»Sie suchten in meinem Kopf. Und Vinnie starb mit der Beteuerung, daß er sich nicht erinnern könnte. Woran?«

»Nächste Frage«, drängte Basche.

»Okay. Warum sagte Vinnie Reece, er arbeite in einer Wäscherei?«

»Ach komm, Lyons, das ist doch Haarspalterei. Das fand er vielleicht witzig.«

»Okay, ich spalte Haare.«

»Weiter.«

»Was haben Fleagles Flugreisen zu bedeuten?«

»Vielleicht war er Berufspassagier. Vielleicht erprobte er in höherem Auftrag Flugzeugsitze.« Basche grinste. »Weiter.«

Lyons zuckte die Achseln.

»Na, Lyons, hast du keine Fragen mehr?«

»Doch. Eine.«

»Spuck sie aus.«

»Wann hören wir auf, Menschen zu töten?«

Roger Basche wurde aufmerksam, als das Licht im Inneren des Gebäudes erlosch. Die Straße war völlig dunkel, die Wasser der Bucht waren unsichtbar.

»Da steht doch jemand am Kofferraum des Cadillac, oder?«

»Nein. Er geht um den Wagen herum.«

»Doch, sieh doch. Der Kofferraumdeckel ist offen.«

Ihre Augen gewöhnten sich an die Finsternis.

»Jetzt sind es zwei«, erklärte Basche. »Und einer von ihnen ist eindeutig dieser widerliche Ozzie.«

»Was machen sie denn da in der Dunkelheit?«

»Da ist der Alte.«

»Wo ist er?«

»Da, an der Wand.«

»Nein«, entgegnete Basche. »Das ist ein Busch. Schau doch. Er biegt sich im Wind.«

Die beiden Schatten verschwanden wieder im Gebäude. Dann kamen sie zurück. Schwerfällig etwas schleppend.

»O Gott«, flüsterte Basche.

Die beiden Gestalten wurden flüchtig erleuchtet, als sich die Wagentüren öffneten. Dann flogen die Türen knallend zu, das Licht erlosch.

»O Gott«, sagte Basche wieder.

Die Scheinwerfer des Cadilllac flammten auf und schwenkten in weitem Bogen, als der Wagen wendete.

»'runter«, befahl Basche.

Die drei duckten sich und warteten, während das Innere des Wagens in Licht getaucht und wieder dunkel wurde.

»Schnell! Schnell!« drängte Tyler, doch Basche hatte den Motor schon eingeschaltet und wendete, ohne die Lichter anzuknipsen.

Der Cadillac fuhr sehr schnell zurück zum Belt Parkway, raste auf der Schnellstraße entlang bis zur Ausfahrt Flatbush Avenue. Dort bog er auf die Straße ab, die zum Jacob Riis Park Strand führte. Der Verkehr war spärlich hier, und Basche folgte mit beträchtlichem Abstand. Als der Cadillac auf einen Parkplatz abbog, schoß Basche in rascher Fahrt an ihm vorbei.

Die Sommerhäuser standen leer mit geschlossenen Läden. Die Strandpromenade dehnte sich öde unter schwachen Lichtern. Basche schaltete die Scheinwerfer aus, wendete, fuhr zurück und stellte den Wagen ab. Er spähte zum Parkplatz hinüber.

»Da!« sagte Tyler.

»Ja«, erwiderte Basche. Die beiden Männer eilten einen Betonpier entlang, der zum Strand hinausführte. »Los!«

Von Nordosten her wehte eine steife Brise, die schon den Geruch von Regen und feuchtem Schnee mitbrachte. Sie pfiff durch den winterlichen Sand und schaukelte die bleichen Straßenlampen. Sie durchdrang ihre Stadtkleider, als seien sie aus Musselin.

Basche eilte zum Kofferraum des Wagens und nahm drei Gewehre aus der Golftasche. Dann rannte er die breite, leere Straße entlang zum Deich.

Es war eine Laterne. Eine Petroleumlaterne. Sie glühte wie ein letzter Funke Leben in einer Urwelt. Sie stand im Sand und beleuchtete die Beine der beiden Männer und den Weg zur schäumenden Brandung.

Sie kauerten hinter der Deichmauer, geschützt vor dem Wind, und beobachteten die Bewegungen der Beine und der Spaten am Saum des tosenden Ozeans. Jede sich heranwälzende Brandungswoge schien die Beine, die dünnen Stiele der Spaten, den Funken der Laterne verschlucken zu wollen.

Die Männer hörten auf zu graben.

»Jetzt?« fragte Tyler.

»Warte noch«, sagte Basche.

Sie warteten, während die beiden Gestalten im Laufschritt den Strand hinaufeilten, die Deichmauer übersprangen, zum Wagen rannten.

»Der alte Mann ist schwer«, flüsterte Basche heiser.

»Ja. Sehr schwer.«

Stolpernd, schwankend näherten sich die Männer mit ihrer Last der wartenden Grube im nassen Sand.

»Los!« sagte Basche.

Alle drei sprangen sie auf die Deichmauer und zum Strand hinunter.

Die beiden Männer waren jetzt an der Grube vorbei, standen

zwischen dem Loch, das sie gegraben hatten, und der glitzernden, weißen See. Im Licht der Laterne ließen sie den dicken, alten Mann in die Grube fallen.

»Jetzt«, sagte Tyler.

Er kniete auf einem Knie, hob das Gewehr und feuerte. Der Schuß klang wie ein armseliges, dünnes Knacken im Tosen des Windes. Er legte eine der Gestalten um wie ein Schießbudenfigur. Basche schoß einen Moment vor Lyons. Die zweite Gestalt brach zusammen, drehte sich langsam um ihre eigene Achse, schien sich zum Meer hin zu verneigen, fiel dann außerhalb des Lichtkreises der kleinen Laterne in den Sand.

»Ausschwärmen«, sagte Basche. »Nicht in einer Gruppe bleiben.«

Langsam schritten sie zur Laterne hin, gegen den rasenden Wind gestemmt, jetzt beinahe gelähmt vor Kälte. Sie hatten die Laterne fast erreicht, als plötzlich, schmerzhaft ein eisiger Graupelschauer auf sie niederregnete. Er wurde schräg von Nordosten hergetrieben, und die Graupelkörner stachen und brannten, wo immer sie nackte Haut trafen.

Basche zog den Kopf ein und trat näher zur Laterne. Er winkte den anderen. Als sie herankamen, gab er mehrere Schüsse auf die beiden zusammengebrochenen Männer ab.

»Zieht sie in die Grube«, schrie er in den Wind.

Sie bückten sich hastig und zogen die Toten zur Grube hin und warfen sie auf die Leiche des alten Mannes.

»Weg jetzt.«

Sie hasteten den Strand hinauf, bis auf die Haut durchnäßt. Lyons drehte sich um.

Die kleine Laterne stand in der Dunkelheit wie ein Leuchtturm. Aus der Grube ragten Beine und Arme wie menschliche Ersatzteile. Ein Tuch weißen Schaums glitt über die Grube, über die Leichen, ein Stück den Strand hinauf. Die Laterne stand unerschüttert.

8

»Was ist denn, Lyons?«

»Ich möchte das Innere des Hauses sehen.«

»So ein Unsinn«, knurrte Tyler. »Bei diesem Sturm.«

»Immer mit der Ruhe«, meinte Basche. »Wenn du dir das Haus ansehen willst, Lyons, dann fahren wir eben hin.«

Graupeln trommelten auf das Wagendach und knirschten unter den Reifen, bedeckten die Fahrbahn mit einem gefährlichen Film, der glitschig war wie Eis. Wenige Fahrzeuge befanden sich auf der Straße.

Roger Basche fand die Ausfahrt und kroch durch die leeren Straßen von Sheepshead Bay. Eis beschwerte Telefon- und Stromdrähte, bedeckte abgestellte Autos, Büsche, Gras und Straßen. Der Wagen schleuderte seitlich und rutschte über eine Kreuzung, als Basche abbiegen wollte.

»Lieber Himmel«, brummte Tyler, als sie das Betongebäude erreicht hatten. »Wir gehen ein ganz schönes Risiko ein, Lyons. Ist dir das klar? Wir riskieren es, hier gesehen zu werden.«

Lyons sprang aus dem Wagen und rannte durch den beißenden Matschregen zur Tür des Hauses. Sie war nicht ganz geschlossen. Er stieß sie auf und fand einen Lichtschalter. Mehrere Deckenlampen erleuchteten einen kahlen, zellenähnlichen Raum, der unfertig wie das Innere einer Garage war, Wände ohne Verputz, und einen staubigen Betonboden. In dem Raum standen ein billiger Schreibtisch, mehrere Klappstühle, und an der Wand hing ein Telefon.

»Guter Gott«, sagte Tyler, als er durch die Tür kam.

Basche trat stumm ein und klappte seinen Mantelkragen herunter.

Graupeln trommelten laut gegen die Fenster.

Lyons ging zum Telefon und musterte das rechteckige Holzbord, auf dem es stand. Er las die Notizen und Kritzeleien auf dem Brett, wandte sich dann zum Schreibtisch und zog die einzige Schublade auf.

»Okay«, sagte Tyler. »Wir haben alles gesehen, was es hier zu sehen gibt. Gehen wir. Hier ist nichts.«

»Was ist das?« fragte Basche.

»Flugscheine. Mehrere Dutzend«, erwiderte Lyons, zog sie aus der Schublade und breitete sie auf dem Schreibtisch aus.

»Alle Detroit und zurück«, stellte Basche fest.

Lyons sah sich die anderen Papiere an. Ein alter Wäschereiblock, ›Charlies Wäscherei‹, mit einer gedruckten Aufstellung von Kleidungsstücken. Lose Blätter, die von dem Block stammten, lagen in der Schublade. Lyons blätterte einen Moment uninteressiert in einem Flugplan, legte ihn aus der Hand, trat wieder zum Telefon an der Wand.

»Hier ist nichts«, sagte Tyler wieder. »Fahren wir.«

Lyons nahm den Wäschereiblock und machte sich daran, die Nummern und Wörter abzuschreiben, die auf dem Telefonbrett standen.

»Wollen wir denn die ganze Nacht hier verbringen?« rief Tyler.

»Siehst du die Zeitung da, Joe?« fragte Lyons. »Wickele die Papiere darin ein.«

»Wozu brauchst du das Zeug überhaupt?«

»Es sind ein paar Nummern darunter, die mir bekannt vorkommen.«

»Nummern? Was für Nummern?« fragte Tyler.

»Telefonnummern.« Lyons nickte zu der Ecke neben der Tür hin. »Was ist in den Paketen?«

»Ramsch«, versetzte Tyler.

»Mach sie auf.«

»Menschenskind«, stöhnte Tyler gereizt und öffnete eine der Schachteln. Er hob den Kopf und blickte Lyons mit gerunzelter Stirn an.

»Was ist denn?« fragte Lyons.

Tyler hielt eine blondhaarige Puppe hoch.

Lyons sah sie einen Moment an.

»Fröhliche Weihnachten«, sagte er. »Von Papa.«

Der Reiter trug ein schwarzes Reitkostüm und eine schwarze Kapuze, und er ritt ein schwarzes Pferd und galoppierte die schwarze Straße entlang zu einer Brücke.

Der Mann war schwarz, und das Pferd war schwarz, und die Nacht war schwarz, und die Straße war schwarz.

Das Pferd galoppierte unerbittlich, zielstrebig direkt auf Lyons zu. Lyons wollte unbedingt wissen, wer sich unter der schwarzen Kapuze befand, ehe er abdrückte. Doch er würde erst schießen und dann fragen müssen, weil der unerbittliche Reiter auf dem unerbittlichen Pferd in der unerbittlichen Finsternis vor sich erhoben einen Kavalleriesäbel trug. Und er ritt direkt auf Lyons zu.

Eine Stimme sprach zu Lyons. Eine vertraute Stimme, die kein Gesicht hatte. Eine Stimme, die ihm immer wieder dieselbe Frage stellte. Eine Frage, die er nicht hören konnte. Aber er wußte, daß die Antwort lautete: Ich kann mich nicht erinnern.

Dan Lyons erwachte. Im Zimmer war es still, und der Wind auf der Straße klang fern. Regenwasser strömte die gefrorenen Fensterscheiben hinunter.

Jemand im Zimmer hatte laut ›Wäscherei‹ gesagt.

Hatte er selbst es gesagt?

Er lag da und starrte auf die Fenster und sah wieder die weiße Gischt der Brandung, die die leblosen Körper in der sandigen Grube überspülte.

Wenn er lange genug grübelte, würde er die Antwort finden.

Genug.

Das Wort hing in der Luft in der Stille des Zimmers. Lyons ließ es dort hängen, während er Tyler betrachtete. Basche saß mit verschränkten Armen lauschend da.

Genug. Tyler kaute daran, während er die Enden seines Schnurrbarts zwirbelte. Genug. Schließlich trug er seine Tasse zur Kaffeemaschine und schenkte sich frisch ein. Dann kehrte er schwerfällig zum Platz am Fenster zurück und setzte sich.

Genug.

Er trank Kaffee und wischte sich den Schnurrbart. Dann sah er Lyons an.

»Fleagle«, sagte er und hielt einen Finger hoch. »Und Ha Ha.« Zwei Finger. »Ozzie New York und sein Leibwächter.« Vier Finger. Sein Daumen schoß hoch. »Pell. Das haben wir uns vorgenommen.«

Lyons blickte zu Basche, der die Lider senkte. Lyons blickte wieder auf Tyler.

»Genug«, sagte er wieder.

»Aber warum?« Tyler durchbohrte Lyons mit abschätzendem Blick. »Hast du Angst?«

»Angst? Ja, ich habe Angst.«

»Wovor, Dan?«

»Vor mir.«

Mit eiligen Fingern zwirbelte Tyler wieder sein Bärtchen.

»Also, hör mal, Dan, du bist ganz und gar nicht auf dem Weg, dich in eine mordgierige Bestie zu verwandeln, falls du das meinen solltest«, sagte er. »Die ganze Sache fing doch damit an, daß eine Clique erbarmungsloser Gangster einen Freund von uns zu Tode prügelten. Wir müssen sie kriegen, bevor sie uns kriegen – uns alle, unsere ganze Gesellschaft. Diese Leute sind keine Menschen, Dan. Wir haben nicht angefangen, aber wir werden es beenden.«

»Genug. Keine Predigten mehr. Wenn man einmal zu töten anfängt, gibt es kein Ende mehr. Es wird zur Lebensaufgabe. Genug. Genug.«

Tyler seufzte tief und sah zu Basche, der Lyons nachdenklich betrachtete.

»Nur noch einen. Pell. Dann haben wir sämtliche Helden aus Fleagles Tagebuch. Sehen wir uns das Buch an.«

»Genug«, sagte Lyons.

»Ich möchte es nur einen Moment haben.«

Müde ging Lyons zur Kommode und entnahm einer Schublade das Tagebuch und seine Übertragung der Eintragungen.

Tyler überflog stumm das Geschriebene. Mehrmals sah er Lyons an und schüttelte angewidert den Kopf.

»Hör dir das an – Joe Lampo. Pell scheint Fleagle freiere Hand gelassen zu haben als Ha Ha. Hier sagt er zu Fleagle: ›Nehmen Sie Ihren weißen Gummiknüppel mit den Stahlkugeln, und fassen Sie den Burschen. Er soll schreien vor Schmerz. Schlagen Sie auf seinen Schädel ein, bis sein Gehirn zertrümmert ist. Schlagen Sie ihm die Zähne ein. Knacken Sie die Knochen. Machen Sie ausgeleiertes Gummiband aus seinen Sehnen und Muskeln. Lassen Sie ihn in seinem eigenen Blut und seinem eigenen Urin ertrinken.‹ Gott. Weißt du, was an dem, was wir tun, so großartig ist, Dan? Keiner hat je diesen Kerlen ihre eigene Medizin eingeflößt. Keiner. Sie sind ihrer eigenen Taktik genauso wehrlos ausgeliefert wie ihre Opfer.«

»Herr im Himmel! Genug, Tyler. Genug.«

Basche beugte sich in seinem Sessel vor.

»Wer ist Pell?«

»Ja«, stimmte Tyler ein. »Setz dein Zaubertelefon in Gang und finde Pell, Lyons.«

»Ich habe ihn schon gefunden.«

»Du weißt, wer er ist?«

Lyons nickte. »Ja. Und du wirst begeistert sein, Joe.«

Er ging zu seinem Schreibtisch und zog einen Hefter heraus, den er Tyler reichte.

Tyler las die ersten Sätze des ersten Blatts.

»Um Himmels willen, Lyons.«

Ausschnitt aus dem ›True Crime Detective Magazine‹:

›Manche behaupten, Anthony Pell sei ein Howard Hughes *en miniature* – ein genialer Geschäftsmann mit einer unüberwindlichen Abneigung gegen Publicity.

Manche behaupten, Anthony Pell sei der Drahtzieher eines internationalen Netzes von Heroinhändlern, das sich von den Mohnfeldern der Türkei durch die staubigen Straßen Nordafrikas und Spaniens in die Keller von Paris und die Slums der Vereinigten Staaten erstreckt.

Manche behaupten, Anthony Pell sei ein Wettschwindler großen Stils, der niemals ein Stäubchen Heroin gesehen hat.

Alle behaupten, daß Anthony Pell niemals verhaftet worden ist, daß sein Name niemals auch nur mit einer einzigen ungesetzlichen Handlung in Verbindung gebracht werden konnte, daß er niemals in irgendwelche Geschäfte, gesetzlicher oder ungesetzlicher Art, verwickelt gewesen ist.

Keiner kann sagen, womit Anthony Pell sich seinen Lebensunterhalt verdient, wo er geboren ist, wann er geboren ist oder wie so viele sich widersprechende Gerüchte in Umlauf gekommen sein können.

Mit Gewißheit kann nur gesagt werden, daß es Anthony Pell gibt, daß er irgendwo ein sehr behagliches Leben führt und eine krankhafte Abneigung gegen Publicity hat.

Wir zeigen Ihnen nebenstehend die einzige bekannte Fotografie von Anthony Pell. Zumindest wird behauptet, das sei Anthony Pell. Von einigen jedenfalls.

Die Herausgeber‹

Zeugenaussage von Alfred Lemar vor der Interpol Paris in Sachen türkische Heroinerzeugung:

›Pell? Anthony Pell? Wir haben festgestellt, daß sich dieser Anthony Pell an jedem beliebigen Sommertag gleichzeitig in Ankara und in London befindet, gleichzeitig hier in Paris, um die Weltpreise für Rohheroin auszuhandeln, und in New York, um bei einer Konferenz aller internationalen Drogenhändler den Vorsitz zu führen. Einen Mann namens Anthony Pell gibt es nicht. Anthony Pell ist ein Codename. Ein Spitzname für jeden Drogenhändler großen Stils.‹

Lionel Almasy, Beamter des Justizministeriums der Vereinigten Staaten, bei seiner Aussage vor dem Senatsunterausschuß zur Untersuchung des internationalen Rauschgifthandels:

›Anthony Pell? Wir wissen nichts über ihn. Bei uns liegt nichts gegen ihn vor. Wir haben eine Akte über ihn, die zwanzig Jahre alt ist und praktisch nichts enthält. Im Gegensatz zum Volksglauben, Senator, führt weder das Justizministerium noch das FBI gegen private Bürger Ermittlungen durch, wenn sie nicht durch den Beweis oder den Verdacht einer ungesetzlichen Handlung gerechtfertig scheinen.‹

Robert Servaas, Ermittlungsbeauftragter, vor dem Senatsausschuß zur Untersuchung des internationalen Rauschgiftschmuggels:

›Pell ist ein Ungeheuer. Er begann seine Karriere als ein Jack the Ripper. Der East River von New York ist überschwemmt mit den Gebeinen seiner Opfer. Seine besondere Spezialität war es, sie durch einen Messerstich in den Rücken zu töten. Auf den Docks von Manhattan pflegte er seinen Opfern die Innereien herauszunehmen. Ohne Gedärme, die sich im Laufe der Verwesung gebläht hätten, stiegen die Leichen nie wieder vom Grund des Flusses auf. Später arbeitete sich Pell auf der Leiter des Verbrechens hinauf, und jemand entdeckte, daß er ein ausgeprägtes Organisationstalent besaß. Seit über zwanzig Jahren ist sein Tun und Treiben geheim, doch allgemein wird ihm zugebilligt, daß er ein Organisationsgenie ist, dessen Rat die Gangsterbosse der ganzen Welt suchen. Er läßt sich dafür eine Provision zahlen, die auf dem Einkommen jedes Unternehmens basiert, für das er die Pläne ausgearbeitet hat. Aus der ganzen Welt fließt Geld in seine Taschen. Und da er mit den Verbrechen, die er plant, niemals etwas zu tun hat, kann er nie gefaßt werden. Nie. Anthony Pell ist unbesiegbar. Ein unbesiegbares Ungeheuer.‹

Jedesmal, wenn Tyler ein Blatt gelesen hatte, reichte er es stumm an Basche weiter. Als er die Lektüre beendet hatte, gab Lyons ihm ein weißtes Blatt Papier.

›Die Limousinen mit den Kennzeichen, die Sie angaben, sind Eigentum der Autoverleihagentur Battery Park. Am fraglichen Abend wurden alle Limousinen an Anthony Pell, 10 700 Lincoln Drive, Grosse Pointe Farms, Detroit, Michigan, vermietet.‹

Mrs. Raphael drückte die Hand gegen ihren Hinterkopf und goß sich verkrampft ein Drittel des Whiskys, der im Glas war, in den Mund. Dann hielt sie ihre Hand mit gespreizten Fingern an den Hals und schluckte mit zusammengekniffenen Augen.

Sie trank noch einmal und schluckte, trank ein drittes Mal, und das Glas war leer.

»Lassen Sie mich nicht allein«, sagte sie zu Dan Lyons.

Er schüttelte den Kopf. »Ich bleibe bei Ihnen«, versicherte er feierlich.

Sie zündete sich mit zitternder Hand eine Zigarette an.

»Was, glauben Sie, wie viele kommen werden?« Sie schlug die Beine übereinander und blies Rauch zur Decke. »Geht das Kleid?« Sie zupfte am Saum.

Dan Lyons tat so, als musterte er noch einmal aufmerksam ihr Kleid – marineblauer Jersey, durchgeknöpft, mit einem weißen Kragen. Er betrachtete ihren dicken Körper, der darin steckte, die schlichte Nadel an ihrem Hals, ihr sympathisches, fünfzigjähriges Gesicht. Er blickte auf das kurze, ergrauende Haar, die zu stark geschminkten Lippen, die blauen Augen unter den zu stark getuschten Wimpern. Dann nickte er.

»Sie sehen großartig aus. Er wäre stolz auf sie.«

»Seine Schwester kommt. Vielleicht auch seine Exfrau. Viele können es nicht werden. Seine Eltern sind tot. Nur einige wenige, meinen Sie nicht auch?«

»Ja. Sie sehen gut aus. Sie brauchen ja mit keinem zu sprechen.

Es ist ein Gottesdienst. Nur ein paar Gebete. Sonst nichts.« Lyons winkte dem Barkeeper.

»Es ist mir schrecklich, daß ich neulich nicht mit auf dem Friedhof war.«

»Niemand war dort. Niemand war aufgefordert. Seine Schwester —«

»Er hat sie nie gesehen. Hat sie nie angerufen. Welches Recht hat sie, sich seiner so zu schämen? Eingescharrt hat sie ihn wie ein Tier.«

»Sch-sch! Machen Sie nur keine Szene.«

»O nein. O nein.« Mrs. Raphael blickte auf den sich nähernden Barkeeper. Mit haariger Hand goß er Whisky in ihr leeres Glas, warf einen Blick auf Lyons' Bierglas und schlurfte wieder davon. »Um nichts in der Welt würde ich den Gedenkgottesdienst für ihn verpatzen wollen.«

Unvermittelt schlug sie die Hände vor ihr Gesicht und begann zu schluchzen. Nach einer Weile kramte sie ein Papiertaschentuch aus ihrer Handtasche und schneuzte sich.

»Ich möchte den Mann erwischen, der ihn so geschlagen hat, Dan. Ich würde ihn umbringen. So wahr ich hier sitze. Ich würde ihn umbringen. Ich würde mir einen Revolver kaufen und ihn erschießen.«

Still verbarg sie wieder das Gesicht in den Händen. Schließlich hob sie den Kopf und atmete tief durch, um die Tränen zu unterdrücken.

»Als das Schiff meines Mannes unterging, weinte ich schrecklich. Ich hatte ihn wirklich gern. Meinen Mann. Aber Vinnie. Wirklich, Dan, ich habe ihn geliebt. Er war wunderbar. Er konnte mich immer zum Lachen bringen. Er wußte immer gleich, wenn ich einmal Weltschmerz hatte. Und jetzt – jetzt –«

Sie wandte das Gesicht zur Wand, die Lippen aufeinandergepreßt, bemüht, sich zusammenzunehmen.

»Als ich das Blut und das Erbrochene aufwischte . . .«, fuhr sie fort und ließ ihren Tränen freien Lauf.

Dan Lyons zog ein Taschentuch heraus.

Sie nahm es rasch und betupfte ihr Gesicht.

»Ich muß endlich vernünftig sein. Sonst verschmiere ich mir den weißen Kragen noch mit Wimperntusche.« Sie holte tief Atem und griff nach dem Whiskyglas. »Ich werde nicht mehr weinen.« Sie trank die Hälfte des Whiskys und nahm sich eine Zigarette. Lyons gab ihr Feuer.

»Könnten Sie den Kerl, der das getan hat, nicht töten, Dan?«

Lyons blickte sie nachdenklich an.

»Doch, Terry, ich könnte schon.«

»Sie und ich, wir waren doch seine einzigen Freunde.« Sie starrte auf den nassen Tisch. »Mein Gott, was soll jetzt aus mir werden?«

»Wir müssen gehen«, sagte Lyons.

»O nein. Mein Gott. Nein. Meine Augen. Sie sind ganz rot. Ich muß mich erst wieder zurechtmachen. Ist das Kleid auch wirklich – ja. Warten Sie. Gehen Sie nicht ohne mich.«

Sie eilte zur Toilette. Ein wenig füllig um die Taille, Danny, aber die Beine sind schlank und mädchenhaft und die Augen voller Leben. Hatte sie es sich wohl träumen lassen, daß sie eines Tages Mrs. Raphael werden würde, eine Hauswirtin mittleren Alters, Witwe eines Seemanns, mit einem Geliebten in Wohnung 1A?

Als sie über die Fliesen des Vorraums der Kirche schritten, wandte sich ein halbes Dutzend Menschen im vorderen Gestühl um und musterte sie.

Weihrauch. Unvergeßlicher Duft. Bleiches Winterlicht beleuchtete das bunte Fenster über dem Altar. Und darunter flackerten Reihen gebrechlicher Kerzen.

Sie zog ihn in die letzte Bank und setzte sich.

»Vierzehn«, flüsterte sie.

»Wie?«

»Vierzehn Leute.«

Der Priester trat ein. Lyons musterte die Anwesenden. Er erkannte Vinnie Reeces Schwester an der Haltung ihres Kopfes und einer Linie ihres Profils, die ihn schwach an Vinnie erinnerte.

Noch eine zweite Person erkannte er. Sie saß abseits mit ihrem Chauffeur.

Mrs. Charles Ha Ha.

Teresa Raphael saß im Polstersessel vor Dan Lyons' Fenster. Sie war eingeschlafen, ein verfallenes Gesicht mit zu viel Wimperntusche, zu viel Lippenstift, zu vielen Whiskys, zu vielen Tränen. Auf dem Tisch neben ihr stand eine Tasse kalten Tees.

Abend. Lyons schaltete die Lampen ein und sah sie an.

Der Priester hatte die Gebete verlesen, die vierzehn im vorderen Gestühl waren ungeduldig auf ihren Sitzen hin und her gerutscht, und Teresa Raphael hatte sich um Vinnie Reece die Augen aus dem Kopf geweint.

Ihre Tränen waren die einzigen gewesen.

Lyons ging zum Telefon und wählte.

»Hallo, Joe?«

»Dan? Ja.«

»Okay.«

»Okay? Wirklich? Du willst es wirklich tun?«

»Ja.«

»Das ist großartig.«

»Ja, großartig.«

9

Ein schwarzes Eichhörnchen huschte den Stamm der Ulme hinunter. Es hüpfte vorsichtig über den von einer dünnen Schneedecke überzogenen Rasen, beschnupperte den Schnee wie ein Feldmarschall, der den Bericht eines Spähtrupps liest.

Zweihundert Meter entfernt, fünf Stockwerke über dem

Boden, im Glockenturm einer Kirche, folgte ein Paar Augen durch einen Feldstecher dem Weg des Eichhörnchens über den weißgepuderten Rasen und an der Hauswand entlang.

Jenseits des Eichhörnchens konnten die Augen zwei Wachhunde in einem weiträumigen Zwinger sehen. Es war 6.50 Uhr, und sie hatten ihre gewohnte rastlose Wanderung begonnen, den Blick unverwandt auf die Hintertür des Hauses gerichtet. Das Haus, ein großer Steinbau, stand beinahe frei von Hecken und Büschen auf einem großen Eckgrundstück. Den forschenden Augen bot es sich wie ein introvertierter Einsiedler dar. Schwere Vorhänge verhüllten die Fenster. Die Garagentüren waren geschlossen. Der sonnenlose Morgen schimmerte trübe zwischen den Ulmen hindurch. Und die beiden großen Hunde wirkten wie eine feindselige Drohung, die sich gegen die Außenwelt richtete.

Um 7.00 Uhr öffnete sich die Hintertür, und die Hunde begannen freudig zu springen. Ein Mann trat heraus. Er trug einen Trainingsanzug mit Kapuze und schritt am Rand der Auffahrt entlang zum Hundezwinger. Sein Atem stieg in dampfenden Stößen in die starre, feuchte Luft.

Er betrat den Zwinger durch ein Tor und schloß es. Die Hunde drängten sich eifrig an seine Beine, als er sich bückte, um die langen Leinen an ihren Halsbändern festzumachen.

Dann zog er zwei lederne Maulkörbe aus seiner Hüfttasche und streifte sie den Hunden über die Schnauzen. Als er fertig war, führte er die Hunde die Auffahrt hinunter, trabte dann im Laufschritt, einen freudig vorausspringenden Hund an jeder Leine, die Straße entlang.

Lyons nahm den Feldstecher von den Augen.

Auf einem kleinen Notizblock vermerkte er Zeit und Ereignis. ›7.00 Uhr morgens, Leibwächter und Chauffeur führt die Hunde spazieren wie immer.‹

Er verglich die Einstellung des Fotoapparats mit dem Lichtmesser, stellte die Objektivöffnung neu ein, untersuchte dann die Schärfe der Telefotolinse, die so lang war wie ein kleines Kanonenrohr.

Seit drei Tagen wartete er schon im Glockenturm. Drei Tage schon saß er hier, fröstelnd und grübelnd. Drei Tage der Einsamkeit, weit weg von seinem Büro.

Die hohen Ulmen säumten zu beiden Seiten die Straße, standen wie Säulen in einer Kathedrale. Hoch über der Straße trafen ihre Äste in gotischen Bögen zusammen.

Die Krippe auf dem Rasen vor der Kirche war noch immer von Scheinwerfern erleuchtet.

Lyons schenkte sich aus einer Thermosflasche eine Tasse dampfenden Kaffees ein und wartete weiter.

Das Eichhörnchen war verschwunden.

Um 7.25 Uhr beobachtete er die Rückkehr des Leibwächters und der beiden Hunde. Die Hunde, muskulöse Dobermänner, keuchten weiße Wölkchen in die Luft. Als der Mann die Tiere wieder in den Zwinger einschloß, machte sich Lyons eine Notiz in seinem Block.

Um 9.15 Uhr kam der Leibwächter und Chauffeur wieder aus der Hintertür. Jetzt trug er einen schwarzen Anzug, eine schwarze Krawatte und ein weißes Hemd. Er fuhr den großen Wagen aus der Garage und brauste davon. Die Hunde tanzten im Kreis in ihrem Zwinger.

Lyons vermerkte die Zeit auf seinem Block.

Um 10.25 Uhr kam der Wagen zurück, und der Chauffeur trug zwei Kisten Whisky ins Haus.

Um 10.45 Uhr fuhr ein Lieferwagen vor und parkte in der Auffahrt. ›Der Feinkostladen‹ stand auf der Seite des Wagens. Der Fahrer schob zwei große, geschlossene Servierwagen ins Haus.

Der Chauffeur tauchte um 11.00 Uhr wieder auf. Er trug zwei lachsfarbene Damenkoffer. Er fuhr den Wagen wieder aus der

Garage, legte die beiden Koffer in den Kofferraum und ging ins Haus zurück, um weiteres Gepäck zu holen. Insgesamt zählte Lyons neun Gepäckstücke. Lauter Damengepäck. Zweierlei Modelle; zweierlei Farben: lachs und grün. Er machte mehrere Aufnahmen.

Der Chauffeur schaltete den Motor ein und kehrte ins Haus zurück. Graue Auspuffgase wehten über den feuchten Boden und schwebten langsam in die stille Luft hinauf.

Um 11.30 Uhr öffnete sich die Tür wieder, und ein Mann trat heraus. Mittleren Alters, zaundürr, in einen hellen Anzug gekleidet.

Lyons sprang von seinem Platz auf und stellte den Fotoapparat eilig auf den Kopf ein Dann machte er mehrere Aufnahmen. Der Mann schlenderte zur Mitte der betonierten Auffahrt und überblickte im grauen Licht zerstreut das Gelände. Er schien in Gedanken vertieft.

Unvermittelt kehrte er in die Wärme des Hauses zurück.

Lyons machte einen Vermerk auf seinem Block.

Er und die Hunde nahmen ihre Beobachtung der Hintertür wieder auf. Und warteten.

Um 11.45 Uhr erschien eine Frau mittleren Alters. Ihr Haar war straff nach hinten gekämmt, in einem Knoten zusammengehalten, und sie trug einen Nerzmantel. Eine jüngere Frau, offensichtlich ihre Tochter, folgte, ebenfalls in einem Nerzmantel. Dann kam der Mann, jetzt mit einem Mantel und Hut bekleidet. Als letzter erschien der Chauffeur, jetzt mit einer schwarzen Schirmmütze. Eine matronenhafte Frau im weißen Kittel stand an der Tür und winkte den beiden Frauen zu.

Der Leibwächter wartete, bis sich die drei in den Fond des Wagens gesetzt hatten, und ließ den Wagen dann langsam zur Straße hinausrollen.

Lyons war so intensiv damit beschäftigt gewesen, Aufnahmen von der Familie zu schießen, daß er die Ankunft des anderen

Fahrzeugs, einer ähnlichen großen Limousine, übersehen hatte. Es wartete am Straßenrand in der Nähe der Auffahrt zu Pells Haus und folgte dann Pells Wagen in kurzem Abstand.

Es gelang Lyons, noch zwei Bilder von dem Wagen zu knipsen, doch die Gesichter der vier Männer, die darin saßen, würden auf der Fotografie wohl kaum zu erkennen sein. Lyons sah zu, wie die beiden Wagen rasch davonfuhren.

Von der Hintertür her winkte die matronenhafte Frau noch einmal und schloß dann die Tür. Die Hunde nahmen ihre rastlose Wanderung wieder auf.

Lyons sah auf seine Uhr. Es war Zeit, Basche und Tyler am Flughafen abzuholen. Er packte seine Sachen zusammen und stieg vom Turm hinunter.

In dem Motelzimmer war es heiß und trocken, und Lyons öffnete die Tür einen Spalt. Dann drehte er sich um und sah zu, wie Roger Basche langsam die vergrößerten Fotografien betrachtete. Joe Tyler stand neben ihm und studierte mit ihm jeden Abzug.

Lyons nahm eine der Aufnahmen zur Hand und betrachtete Pells Gesicht. Schädel. Schädel mit einer Grimasse, die sehr schlechte Zähne zeigte – unregelmäßige, bräunlich verfärbte Pferdezähne. Ein kränklich wirkendes Gesicht, die Augen tief in schlaffe, violette Haut gebettet. Ein dürrer, schlaffgliedriger, kraftloser Körper. Ein sauertöpfischer Mann mit einer sauertöpfischen Einstellung zum Leben. Gleichgültig und zu allem fähig.

Basche warf einen Blick auf Lyons.

»Nun, was kommt jetzt?«

»Pell hat heute abend in seinem Haus eine Zusammenkunft. Wahrscheinlich mit Abendessen. Das Essen ist schon geliefert worden. Ich weiß nicht, wer kommt, ich weiß nicht, wie viele es sein werden. Ich weiß nicht, worum es geht.«

»Dann rate doch mal«, meinte Tyler.

»Ich denke mir, es hat etwas mit der Konferenz bei Charlie Ha Ha zu tun, die niemals stattfand. Es hat etwas mit allen unseren ungelösten Fragen zu tun. Vielleicht dreht sich die angesetzte Besprechung sogar um uns.«

Als der Kaffee kam, ließ sich Basche in einen Sessel nieder und breitete die vergrößerten Fotografien zu seinen Füßen auf dem Boden aus.

»Hintertür. Haupttür. Eine Seitentür.«

»Sie benutzen nur die Hintertür«, sagte Lyons.

»Wo halten sich diese Leibwächter mit ihrem Wagen auf?«

»Das ist verschieden. Manchmal fahren sie alle vier im Wagen. Manchmal stellen sie den Wagen beim Haus ab und schieben jeweils zu zweit Wache. Im Grunde sind sie immer dort, wo Pell gerade ist.«

Basche sah Lyons an und grinste schadenfroh.

»Drei Tage in einem Glockenturm, wie? Du bist schon ein komischer Kauz, Lyons. Wie weit ist es vom Turm zum Haus?«

»Zu weit für dein Gewehr. Du könntest höchstens einen Schuß auf ihn abgeben, und wenn du nicht triffst, müßten wir abhauen. Er würde sich dann monatelang nicht wieder einer Gefahr aussetzen.«

Tyler tippte mit dem Fuß auf eines der Fotos.

»Zwei Hunde?«

»Ja.«

Tyler setzte sich. »Das wird verdammt riskant werden.«

»Ich glaube, ich weiß, wie wir ihn erwischen können«, sagte Lyons. »Kommt, sondieren wir einmal das Terrain.«

Leichter Schneefall hatte eingesetzt.

Das Licht auf Charlie Ha Has Schreibtisch flammte auf. Das Zugkettchen aus Messing schwang im Lichtschein hin und her und warf schwankende Schatten. Ein Paar Hände stellte eine Aktenmappe nieder und öffnete sie. Der hölzerne Drehstuhl quietschte, als der Mann sich setzte. Er beugte sich zur Schreibtischlampe vor. Die glanzlosen, schwarzen Augen zeigten nicht mehr Ausdruck als zuvor, als sie Fleagles Leiche in der Marsch gemustert hatten.

Der Mann nahm Fleagles weißen Totschläger aus der Tasche, einige Papiere, einen braunen Umschlag mit der Aufschrift ›Reece‹ und einen großen Schreibblock.

Er stand auf und trat zu Charlie Ha Has Safe. Er nahm die Spritze heraus und die Flasche mit dem Gummipfropfen und trug beides zum Schreibtisch. Er warf einen Blick auf den Schreibblock. Ganz oben auf dem ersten Blatt stand ›Reece‹; darunter ›Freunde und Nachbarn‹, von einer Aufstellung von Namen gefolgt. Ein Stück tiefer kam die Überschrift ›Gewohnheiten‹. Er hob das Blatt hoch. Die nächste Seite war ›Lebensgeschichte‹ betitelt und mit biographischen Daten über Vincent Reece gefüllt.

Auf den unteren Rand dieses Blatts schrieb der Mann die Worte, die auf der Medizinflasche standen: Sodium Pentothal. Er malte einen dicken Kreis um die beiden Worte und setzte ein Fragezeichen dahinter.

Dann trug er die Spritze und die Flasche zum Safe zurück, packte seine Sachen wieder in die Aktentasche und knipste das Licht aus.

Er hatte für den Abend einen Flug nach Detroit gebucht.

Tanzend schwebten Schneeflocken durch die Lichtkegel der Straßenlampen, wirbelten um die vielen Lampen herum, die rings um Anthony Pells Haus standen.

Die beiden Hunde starrten gleichgültig in das Schneetreiben, die Köpfe dem Haus zugewandt. Hin und wieder schüttelten sie sich den Schnee vom Rücken und drehten ein paar rastlose Runden in ihrem Zwinger.

Lyons, Basche und Tyler blickten vom Glockenturm hinunter. Unter ihnen auf dem Rasen stand die Weihnachtskrippe, von Flutlichtern angestrahlt, von Schnee überzogen, der unecht wirkte.

Durch den Feldstecher und das Teleobjektiv des Fotoapparats

studierten sie das Haus und das Gelände. Lyons musterte einen schwarzen Wagen, der in der Nähe der Auffahrt stand. Das Ende einer Zigarette glühte in der Dunkelheit hinter dem Lenkrad auf.

»Das ist einer«, sagte er und reichte Basche das Glas. »Und um die Ecke bei der Haupttür ist noch einer.«

Basche studierte die beiden Fahrzeuge. »Wetten, daß die über Funk in Verbindung stehen?« Er blickte auf das Haus. »Ich sehe drinnen keinen Menschen – aber es ist taghell erleuchtet.«

Um 20.00 Uhr erwachten die Lautsprecher über ihren Köpfen zum Leben, und auf Band aufgenommene Weihnachtslieder klangen über die Hausdächer von Grosse Pointe.

Einen Augenblick später rollte Pells Limousine in die Auffahrt, von zwei Taxis gefolgt. Ein zweiter großer Wagen folgte und parkte am Straßenrand. Seine Lichter erloschen. Elf Männer standen kurz auf der Auffahrt, musterten Pells Villa wie Fremde, zupften an ihren Mänteln und unterhielten sich miteinander, als die Taxis durch den alle Geräusche dämpfenden Schnee lautlos davonfuhren.

Der Chauffeur trottete die Auffahrt entlang zur Limousine und sprach kurz ins Wagenfenster hinein. Dann kehrte er zum Haus zurück. Seine Schirmmütze hängte er neben der Tür auf, als er eintrat.

Einen Moment später tauchte er mit der Haushälterin wieder auf. Dann fuhren die beiden in der Limousine davon.

»Was hat das zu bedeuten?« fragte Tyler.

Basche schüttelte den Kopf.

»Das kann ebensogut ein Pokerabend sein wie eine Verschwörung, das Rathaus in die Luft zu sprengen.«

»Was meinst du Lyons?«

Lyons zuckte die Achseln.

»Nichts Gutes. Dieser Pell ist extra nach New York geflogen, um an der Besprechung bei Ha Ha teilzunehmen. Und er nahm das ganze Riesenhaus und das Büro auseinander. Jetzt hat er eine Zusammenkunft mit Männern, die offensichtlich vom Flughafen kommen. Das riecht mir sehr nach einer ›Und-was-tun-wir-jetzt‹-Besprechung. Außerdem scheint Pell diese Zusammenkunft für riskant zu halten.«

»Wie kommst du darauf?«

»Nun, er hat heute seine Frau und seine Tochter weggebracht. Mit einem ganzen Berg Gepäck. Ein Monat in Florida, würde ich sagen. Die Haushälterin ist auch weggefahren – vielleicht ins Kino, vielleicht zu Besuch bei ihrer Schwester. Und da unten stehen drei Wagen, die mit Muskelmännern vollgepackt sind. Ich wette, sie haben alle ihr Ticket für den Rückflug heute abend in der Tasche.«

Basche schüttelte den Kopf.

»Du kannst aus einem dicken, fetten Nichts mehr Informationen herausholen als sonst jemand, den ich kenne.«

»Ja, nur das Wichtigste nicht, Roger«, antwortete Lyons. »Warum findet die Besprechung statt?«

Der graue Dezemberhimmel Michigans war auch bei Tagesanbruch am folgenden Morgen noch da. Lyons erwachte um Viertel vor sechs nach einer Nacht unruhigen Schlafs. Er setzte sich auf und schwang die Beine aus dem Bett.

Er wollte Anthony Pell nicht töten.

Er duschte eilig und rasierte sich. Die Hagerkeit seiner Züge erschreckte ihn. Er spürte einen Knoten in seinem Magen. Anthony Pells Körper, der schlaffe, alte, gelbliche Körper stieß ihn ab wie eine Schlange.

Noch ein paar Stunden, dann war alles vorbei. Zurück in New York. Es konnte nichts schiefgehen.

Er schlüpfte in sein Jackett und sagte laut: »Lady Macbeth.«

Der Samstagmorgen gehörte ihnen allein. Die vereisten Straßen waren leer. Die Häßlichkeit der Stadt bedrückte Lyons. Alles schien ihm schal und bitter. Er haßte alles, haßte sich selbst und fuhr in tiefer Depression.

Grosse Pointe Farms lag in tiefem Schlummer unter dickem Schnee. Pells Haus lag still, verhängt, verschlossen da. Die beiden Hunde standen im Zwinger und beobachteten die Hintertür. Die drei Wagen standen in der Garage. Lyons stellte den Wagen auf dem Parkplatz neben der Kirche ab.

Basche reichte ihm die Thermosflasche mit dem Kaffee.

»Zwanzig vor sieben«, sagte er.

Lyons sah die beiden anderen an und dann an sich herunter. Sie trugen dunkle Anzüge, Krawatten, Wintermäntel, Hüte.

»Wir sehen aus wie Pendler auf dem Weg ins Büro«, murmelte er.

Tyler war verkrampft, schien nur darauf zu warten, einen Streit vom Zaun zu brechen. Er erwiderte nichts auf Lyons' Bemerkung.

Basche trank ruhig seinen Kaffee. Gelegentlich sah er auf die Uhr.

Nichts rührte sich. Keine Autos. Die Straßen waren verlassen. Der Morgen schimmerte bleich und grau, und Lyons' Stimmung sank noch tiefer.

Er griff in die Tasche seines Mantels und berührte den Kolben der Pistole. Mit dem aufgesetzten Schalldämpfer fühlte sie sich an wie ein langes Stück Bleirohr. Zum erstenmal machte er sich klar, daß sie selbst getötet werden konnten.

»Dieser Schweinehund«, murmelte Tyler. Er sah Lyons an. »Das ist er.«

Lyons nickte und trank seinen Kaffee. Er fröstelte. Er fragte sich, wo die Leibwächter waren. Im Haus? Waren sie alle im Haus?

Es wurde 7.00 Uhr. Die Hunde standen gespannt. Die Hintertür blieb geschlossen.

»Vielleicht sind sie verreist«, meinte Tyler.

»Nein«, erwiderte Lyons. »Dann hätten sie irgend etwas mit den Hunden gemacht.«

Um zehn nach sieben wurde Tyler ungeduldig.

»Himmel! Es ist eiskalt hier drin. Wo bleibt der Kerl?«

»Vielleicht war er schon –«

Lyons zuckte die Achseln. Er zitterte, und seine Achselhöhlen waren feucht.

»Was machen wir, wenn er nicht kommt?« fragte Tyler. »Damit haben wir nicht gerechnet.«

Basche warf einen Seitenblick auf Lyons.

Dan Lyons sah auf seine Uhr. »Zwölf nach.«

»Noch ein paar Minuten«, sagte Basche.

»Ja«, antwortete Lyons. »Noch ein paar Minuten.«

Ein Aufblitzen reflektierten Lichts machte sie aufmerksam. Ein Aufblitzen der oberen Glasscheibe der Hintertür, als diese sich öffnete. Der Leibwächter trat heraus und schüttelte die beiden Leinen, um sie zu entwirren. Langsam schlenderte er zum Zwinger.

Die beiden Hunde tänzelten auf den Hinterbeinen und sprangen am Gitter hoch.

»Zwanzig nach«, bemerkte Basche.

Der Leibwächter bemühte sich immer noch geduldig, die Leinen zu entwirren.

»Nun mach schon«, drängte Tyler.

Endlich hatte er sie voneinander getrennt und machte sie an den Halsbändern der Hunde fest. Dann streifte er den Tieren die Maulkörbe über.

»Mein Gott, der braucht ja eine Ewigkeit!«

Der Leibwächter trottete die Auffahrt hinunter. Er blickte zum Parkplatz der Kirche hinüber. Dann schritt er am Grundstück entlang. Die beiden Hunde zerrten an der
nochmals einen Blick zum Parkplatz, dann begann er den morgendlichen Dauerlauf.

Tyler stieß prustend den Atem aus, als der Leibwächter mit den Hunden um die nächste Ecke verschwand.

Lyons ließ den Motor an. Seine Hände in den Handschuhen waren klatschnaß, und er hatte das Gefühl, sie wären völlig kraftlos. Er fuhr rasch auf die Straße hinaus, steuerte den Wagen zu Pells Auffahrt, bog ein, hielt vor der Garagentür.

Er ließ den Motor laufen.

Die drei stiegen aus und schoben behutsam die Wagentüren zu, ohne sie zu schließen. Ihre Schritte knirschten auf der Schneekruste. Lyons musterte die Fenster. Alle verhängt. Roger Basche drückte vorsichtig auf die Klinke der Hintertür. Die Tür öffnete sich.

Sie standen auf einem Treppenabsatz. Eine Treppe führte in den Keller, eine zweite zur Halle in der Mitte des Hauses. Warme Luft berührte ihre Wangen. Aus dem Keller stieg ein starker Geruch nach Seife und Wäsche auf. Ein friedvoller, anheimelnder Geruch.

Irgendwo spielte leise ein Radio. Basche eilte leichtfüßig die Treppe hinauf und sah sich in der getäfelten Halle um. Er blickte zur Küchentür und wies mit dem Finger darauf. Die Haushälterin. Lyons schnitt stumm eine Grimasse. Sie hatten erwartet, daß sie nicht da sein würde.

Sie stand am Ofen und hatte ihnen den Rücken zugewandt. Die Radiomusik kam aus der Küche.

Mit winkender Hand drängte Basche sie weiter. Er warf einen Blick in das Speisezimmer. Dann in den Salon. Imposant. Statuen, Gemälde, dicke Teppiche. Leer.

Basche wandte sich ab und stieg die mit Teppich belegte Treppe zum ersten Stock hinauf. Noch ehe er die oberste Stufe erreicht hatte, blieb er stehen und neigte den Kopf. Irgendwo plätscherte Wasser. Sie stiegen die letzten Stufen hinauf.

Basche trat zu einer Tür, die angelehnt war. Mit einem Finger stieß er sie auf.

Anthony Pell war im Unterhemd und rasierte sich.

Unwillkürlich trat er zurück, die Augen zusammengekniffen. Er ließ sein Rasiermesser fallen. Die weißen Seifenflecken auf jenen Stellen seines Gesichts, die er noch nicht rasiert hatte, wirkten beinahe komisch.

»Wer ist da?« fragte er und hob die Hände. »Was wollen Sie?«

Wasser rann von seinen erhobenen Händen an den Unterarmen hinunter zu den Ellbogen.

Basches Kugel durchschlug den totenschädelähnlichen Kopf direkt vor dem Ohr unterhalb der Schläfe. Die Wucht des Schusses schleuderte den Mann an die Wand. Unter dem Unterhemd quoll ein schwammiger, aufgeblähter Altmännerbauch hervor. Als Pell zusammenbrach, wurde sein Gesicht zwischen Heizkörper und gekachelter Wand eingeklemmt.

Roger Basche feuerte noch zwei Schüsse in Anthony Pells Kopf.

Lyons wich aus dem Badezimmer zurück wie ein Mensch, der unter Wasser vorwärtsstrebt. Er fürchtete, Anthony Pell würde einfach die Achseln zucken, aufstehen und sie auf ewig verfolgen wie ein aus dem Grab erstandener Geist.

Lyons wandte sich ab und blickte ins Schlafzimmer. Neben dem ungemachten Bett stand ein großer, antiker Sekretär. Lyons eilte ins Zimmer und blickte auf den Schreibtisch. Er sah sich nach dem Bett um, als Basche zischte: »Los, Lyons. Weg hier!«

Lyons beugte sich über das Bett und ergriff ein Kopfkissen. Er schüttelte das Kissen aus dem Bezug und wandte sich wieder dem Sekretär zu. Mit flinken Fingern packte er die Papierbündel, die auf dem Schreibtisch und in den Schubladen lagen, und stopfte sie in den Kissenbezug. Dann kehrte er zur Tür zurück.

Und dort auf der Kommode lag Anthony Pells Brieftasche.

Lyons stopfte sie ebenfalls in den Kissenbezug.

Tylers Gesicht war geballte Wut, als er Lyons kopfschüttelnd anblickte.

Schnell rannten die drei jetzt durch den Gang und eilten so leise wie möglich die Treppe hinunter. Basche hob eine Hand und trat zur Haupttür. Aus der Küche kam immer noch gedämpfte Radiomusik.

Basche nahm die beiden Sicherheitsketten von der Tür und drehte die beiden Schlüssel. Dann drückte er vorsichtig die Klinke nieder. Die Tür sprang auf.

Sie traten auf die Backsteinstufen hinaus. Behutsam zog Basche die Tür zu, und die drei liefen um das Haus herum zum Wagen.

Sie stiegen ein und fuhren ab. Zurück zum Metropolitan Airport, zurück nach New York.

»Ich möchte wissen«, sagte Joe Tyler, »was wir getan hätten, wenn die Frau uns gesehen hätte.«

Roger Basche drehte sich um und blickte ihm mitten ins Gesicht.

»Wir hätten sie getötet.«

Er kam durch eine Seitentür des Flughafengebäudes. Er ging ohne Hast zu dem Pult, auf dem die Passagierliste lag. Zwei Angestellte der Fluggesellschaft standen mit verschränkten Armen da, mit dem Rücken zu ihm, und blickten durch das große Fenster hinaus zum Flugfeld, wo die Düsenmaschine nach New York eben zur Startbahn rollte.

Der Mann drehte die Liste um und las den Namen jedes Passagiers, wobei seine glanzlosen, schwarzen Augen dem suchenden Finger folgten. Der Finger blieb auf drei Namen, die direkt untereinander standen, liegen, tippte dann nachdenklich auf das Blatt. Der Mann zog ein gefaltetes Bündel loser Blätter aus der Brusttasche und blickte auf das oberste mit dem Titel ›Reece‹. Er las die erste Spalte: ›Freunde und Nachbarn‹. Der Mund unter den glanzlosen Augen verkniff sich zu einem harten, schmalen Strich.

»Kann ich Ihnen behilflich sein, Sir?« erkundigte sich einer der Männer, der sich umgedreht hatte.

Er schüttelte den Kopf und ging zurück zur Seitentür, wobei er die Blätter wieder faltete.

Er ging zurück zu seinem Wagen.

Als das ohrenbetäubende Kreischen des Düsenflugzeugs die

Umgebung erschütterte, sah er auf. Er blickte der Maschine nach, verfolgte mit den Augen die lange, graue Fahne von Abgasen, die das Flugzeug hinter sich herzog.

Der Mann öffnete die Wagentür und griff ins Handschuhfach. Er zog ein Taschenmesser heraus, in dessen Griff sich eine Zwanzigzentimeterklinge befand. Er klopfte sich mit der Waffe auf die Fläche seiner rechten Hand, sah sich dann verstohlen um und ließ das Messer auf den Beton fallen. Sein Fuß stieß gegegen das Messer, und es glitt durch die Ritzen des Gullys. Es fiel in den Abwasserkanal darunter, für immer dem Zugriff der Kriminalpolizei von Detroit entzogen, deren Beamte soeben Pells Haus am Lincoln Drive betraten.

Die matten Augen kehrten zum Düsenflugzeug zurück. Langsam zogen die Hände den Mantelkragen hoch.

Jetzt war er am Zug. Und er würde seinen Zug unerkannt machen.

»Was hast du damit angefangen?«

»Es ist in meinem Koffer, Joey. Reg dich nicht auf.«

»Reg dich nicht auf! Lyons, du solltest dich mal auf deinen Geisteszustand untersuchen lassen.«

Dan Lyons holte tief Atem und blickte durch das Fenster hinaus auf die Wolken. Die Stewardeß näherte sich mit einem Tablett. Als sie sich über den Sitz beugte, sah er, daß an ihrer Blusentasche ein kleiner Filznikolaus steckte. Das Plastikgesicht war in einem schiefen Lächeln verzerrt, so als wäre er dreimal in den Kopf geschossen worden. Die Stewardeß lächelte Roger Basche an und ging durch den Gang zurück zur Küche.

Joe Tyler beugte sich zu Dan Lyons hinüber.

»Wenn uns jemand mit dem Zeug erwischt, dann landen wir auf dem elektrischen Stuhl. In dem Haus muß es jetzt schon von Polizeibeamten wimmeln. Sie werden die Brieftasche suchen. Warum, zum Teufel, hast du sie mitgenommen?«

Dan Lyons blickte Tyler ins zornige Gesicht.

»Belastet uns die Brieftasche mehr als die drei Pistolen mit Schalldämpfern, die Basche in der Reisetasche hat?«

Tyler runzelte nachdenklich die Stirn. Dann seufzte er.

»Du bist ja direkt davon besessen, Antworten zu finden, Rätsel zu lösen, Detektiv zu spielen. Aber du wirst höchstens die Aufmerksamkeit auf uns lenken. Deine dreizehn Fragen sind ja sehr interessant, aber mit dem ursprünglichen Plan – die Kerle fertigzumachen, die Reece umgebracht haben – haben sie nichts zu tun.«

Lyons nickte. »Okay. Wir haben sie fertiggemacht.«

Gereizt wandte er sich ab. Die deprimierende, graue Bewölkung folgte ihm nach New York – ein eisiger Winterschleier.

Er nahm seine Kaffeetasse. Basche lächelte ihn zaghaft an. Lyons schüttelte düster den Kopf.

»Ihr beiden solltet euch ein wenig entspannen. Auseinandersetzungen können wir nicht gebrauchen«, sagte Basche.

Tyler kaute nachdenklich auf einem Keks. Er strich sich über den Schnurrbart und nickte.

»Keine Streitereien.«

Lyons lächelte grimmig. Er neigte seinen Kopf an Tylers Ohr.

»Wie gefällt dir das Töten, Joey?«

Tyler ließ sich die Frage durch den Kopf gehen. Er sah Lyons an, dann blickte er weg.

»Ich bin überrascht, wie leicht man stirbt.« Er nahm sich noch einen Keks und schob ihn ganz in den Mund. »Ich wette, beim FBI in Washington führen sie heute Freudentänze auf.« Er hob den Zeigefinger. »Wir – haben – heute – einen – dicken – Fisch – harpuniert.«

»Sie führen keine Freudentänze auf, Joe«, widersprach Lyons. »Sie fahnden nach uns.« Er wandte sich an Basche. »Und wie gefällt Ihnen Ihr neues Metier, Mr. Basche?«

Roger Basche blickte Lyons forschend ins Gesicht.

»Es ist viel zermürbender als jede Art der Jagd, die ich je betrieben habe. Den Jäger, der sein Ziel verfehlt, erwartet die

Todesstrafe – das ist eine Neuheit. Und schließlich bin ich der Meinung, daß es für dieses Gespräch geeignetere Orte gibt.«

»Genau meine Ansicht, Roger. Sag es ihm.« Lyons sah Tyler an.

Tyler erwiderte den Blick. »Kennst du das Motto der irischen Terroristen – der IRA?«

»Nein.«

Ohne zu lächeln, blickte Tyler ihm in die Augen. »Mitgefangen, mitgehangen.«

Lyons nickte. »Bis daß der Tod uns scheide.«

»Ruhig Blut«, sagte Basche. »Ruhig Blut.«

Die Erde lag in Finsternis und drehte sich langsam. Der schwarze Reiter drehte sich langsam. Er trug ein schwarzes Reitkostüm und eine schwarze Kapuze, und er ritt ein schwarzes Pferd. Er ritt die schwarze Straße hinunter. Ganz gleich, wie Dan Lyons sich mit der Erde drehte, das Pferd drehte sich immer so, daß es ihm entgegenkam, näher und näher.

Die vertraute Stimme sprach zu Dan Lyons, stellte immer wieder beharrlich dieselbe Frage. Eine Frage, die er nicht hören konnte; doch er kannte die Stimme, und er wußte, daß die Antwort ›Ich weiß es nicht‹ lautete.

Er erwachte zitternd und schwindlig, schweißnaß. Er lag mit dem Gesicht nach unten auf seinem Bett, und er zitterte vor Furcht und Kälte und Übelkeit.

Wieder sagte er das Wort ›Wäscherei‹. Er versuchte, den Kopf zu heben. Der schmerzte, als hätte man ihm eine glühende Eisenstange in den Schädel gestoßen.

Er war wieder betäubt worden.

Mit eiserner Willensanstrengung bewegte er sich. Ganz langsam. Seitlich. Und wieder langsam hob er den dröhnenden Kopf. Jetzt – er saß auf seiner Couch in seiner Wohnung, und das Zimmer war stockfinster. Langsam begann es sich zu drehen. Sein

Magen drehte sich mit. Eine große, weißglühende Flamme des Schmerzes schwoll in seinem Kopf an.

Er keuchte wie ein Sprinter. Er spürte, wie Schweiß über sein Gesicht strömte. Kalt. Er fröstelte. Er versuchte, die Entfernung zur Toilette abzuschätzen. Das kalte Porzellan der Toilette. Er beschloß zu warten.

Schwaches Licht von der Straßenlampe lag in zwei rechteckigen Figuren auf dem Teppich. Und er würde sterben. Hier. Auf der Couch.

Sein Arm. Er tastete seinen Arm nach einem neuen Einstich ab. Nein? Ja? Nein. Nein, kein Einstich.

Und immer wieder die Stimme. Diese vertraute Stimme. Er kannte sie. Wem gehörte sie?

Das Zimmer. Diesmal hatten sie das Zimmer durchsucht, und sie hatten den Kissenbezug gefunden. Kein Zweifel. Licht. Er brauchte Licht. Es gelang ihm, aufzustehen. Er stützte sich auf die Couch und kroch zum Tisch und knipste mit unsicherer Hand das Licht an. Es durchstach heftig brennend seine Augen. Sein Kopf schien bersten zu wollen. Er klammerte sich an die Couch, die Augen zugedrückt, und wartete darauf, daß die tanzenden Lichtkringel verschwinden würden.

Dann versuchte er zu blinzeln. Er sah auf seine Uhr. 19.30 Uhr. Um 19.30 Uhr schon dunkel.

Er richtete die Augen auf den Koffer bei der Tür. Ungeöffnet. Ungeöffnet? Im Zimmer war alles ordentlich. Keine Durchsuchung. Keine Zerstörung.

Er schlurfte durch das Zimmer zum Bad. Er ließ sich auf dem Toilettendeckel nieder und wartete. Das waren die Kleider, die er im Flugzeug getragen hatte. Es mußte noch Samstag sein.

Früher Abend. Halb acht.

Die Kleider waren tropfnaß.

Er streifte sie ab. Ganz langsam. Sein Magen schien sich allmählich zu beruhigen. Kalt. So kalt.

Er drehte die Dusche an. Schönes, warmes Wasser. Vorsichtig

stand er auf, hatte das Gefühl, daß sein Kopf fünfzehn Stockwerke in die Höhe stieg und seine Füße kilometerweit in die Tiefe. Langsam schrumpfte sein Körper wieder in sich zusammen.

Sicherer jetzt, trat er unter die warme Dusche und ließ das Wasser über seinen Körper strömen.

So schlimm wie das letztemal würde es nicht werden. Heißes Wasser half. Er war sonderbar hungrig. Die Stimme summte ihm immer noch im Ohr.

Er trat aus der Duschkabine, wickelte sich in sein Badetuch und setzte sich an den Tisch.

Wie hatte man ihn betäubt? Und warum?

In der Brieftasche steckten 823 Dollar.

Es war 21.30 Uhr. Samstag abend. Und er war wieder betäubt worden. Es dauerte qualvoll lange, ehe der Schmerz sich aus seinem Kopf hob, und er mußte sich zwingen, nicht daran zu denken.

In Pells Brieftasche steckten außerdem ein Führerschein, ein kleiner Plastikkalender und mehrere Mitgliedskarten privater Klubs in Miami. Und das war alles. Keine Kreditkarten, keine Fotografien.

Die Papiere aus Pells Schlafzimmer waren ein Durcheinander alltäglicher Bestandteile eines persönlichen Lebens. Quittungen für Zeitschriftenabonnements, Quittungen für Auroreparaturen, ein kleiner Stapel Benzinrechnungen, die an einen Zettel mit dem Vermerk ›Für das Büro‹ geheftet waren. Ein Schreiben der Gemeinde über Grundsteuern. Ein Voranschlag für Dachreparaturen. Monatsrechnungen des Gärtners. Eine kleine, gedruckte Anzeige von einem Herrenschneider, der seinen Briefkopf mit einer Krone zierte. Ein brauner Umschlag mit Restaurantrechnungen. Ein kleiner Stapel Briefbogen – leer – vom Grosse Pointe Diana Club. Zwei Zigarren. Ein kleines Adreßbuch. Und dann noch ein länglicher, brauner Umschlag.

Lyons zog einige gefaltete Zettel aus dem Umschlag. Er breitete sie aus.

»Das ist doch nicht möglich!«

Langsam stand er auf, eine Hand an den hämmernden Kopf gepreßt, und zog aus einem großen Umschlag die Papiere, die er aus Ozzie New York Avenues Schreibtisch mitgenommen hatte.

Anthony Pell hatte elf Quittungen in seinem braunen Umschlag aufgehoben, und sie stammten alle von Charlies Wäscherei. Lyons verglich sie mit den leeren Formularen, die er in dem Schreibtisch in Sheepshead Bay gefunden hatte. Sie waren identisch.

Charlies Wäscherei.

Er überflog die gedruckte Liste von Wäschestücken.

( ) Leintücher
( ) Kopfkissenbezüge
( ) Handtücher
( ) Waschlappen
( ) Unterhosen
( ) Unterhemden
( ) Socken
( ) Anderes.

Gemäß der ersten Quittung hatte Mr. Pell Charlies Wäscherei vier Leintücher, zwei Kopfkissenbezüge, drei Handtücher und zwei Waschlappen anvertraut.

Lyons steckte die Quittungen wieder in den Umschlag und machte sich über die restlichen Papiere her. Eine Telefonrechnung. Die legte Lyons zur Seite, um sie später näher zu studieren. Scheckabschnitte und mehrere Bankauszüge. Auf den Scheckabschnitten standen alltägliche Ausgaben verzeichnet – Grundsteuer, Barabhebungen, Heizöl, Strom, Farbe, Einbruchsversicherung.

Lyons ging zu seiner Bettcouch und legte sich hin. Wenn er seine Kräfte wiedergefunden hatte und wieder denken konnte, würde er das Rätsel lösen. Einen Augenblick später war er fest eingeschlafen.

Am Sonntag morgen ging er das gesamte Material im Licht eines kalten, sonnigen Tages durch. Ab und zu verdunkelten jagende Wolkenschatten die Morgensonne.

Überall auf seinem Teppich lagen Papiere ausgebreitet: Flugpläne und Flugscheine, Wäschereiquittungen und verschlüsselte Bücher. In geordneten Reihen lagen die einzelnen Informationsstücke vor ihm wie ein Orchester; jedes Stück spielte sein eigenes Motiv, wenn er nur Ohren hatte zu hören.

Wasser vertrieb allmählich die Kopfschmerzen. Der Schmerz verging mit dem Durst.

»Sprecht«, sagte er zu den Papieren.

Ein rasches Klopfen an seinem Fenster – und er blickte zu Roger Basche auf, der die Augen mit der Hand beschattete und zu ihm hereinspähte.

Lyons ging zur Souterraintür und ließ ihn ein.

»Hast du die Zeitung gelesen?« fragte Basche, als er ihm ins Zimmer folgte.

»Möchtest du eine Tasse Kaffee?«

»Gleich. Hast du die Zeitung gelesen?«

»Nein.«

Basche blickte auf die Reihen von Papieren auf dem Boden und seufzte tief.

»Hier. Lies das.«

Es stand auf der Titelseite der Sonntagszeitung. Und Lyons las mit offenem Mund.

GEHEIMNISUMWITTERTER GESCHÄFTSMANN
UND ZWEI HAUSANGESTELLTE IN DETROIT ERMORDET

Detroit: Anthony Pell, ein geheimnisumwitterter Geschäftsmann, den die Polizeibehörden häufig ohne Erfolg mit der amerikanischen Unterwelt in Verbindung zu bringen suchten, wurde heute im Badezimmer seiner Luxusvilla in Grosse Pointe Farms, einem Prominentenviertel von Detroit, erschossen aufgefunden. In der

Küche wurden seine Haushälterin und sein Chauffeur ebenfalls tot aufgefunden. Beide waren erstochen worden.

Dan Lyons sah Basche an. Langsam klappte er den Mund zu.

»Na, wie erklärst du dir das, Lyons?«

Dan Lyons schüttelte den Kopf und las weiter. Der Bericht befaßte sich kurz mit den mageren Tatsachen, die über Pells Persönlichkeit bekannt waren, und wiederholte dann die Umstände des dreifachen Mordes. Pell im Badezimmer, die beiden Angestellten in der Küche. Beide erstochen. Beide von hinten erstochen.

»Das ist komisch«, sagte Lyons.

»Was?«

»Daß sie von hinten erstochen wurden. Das war doch Pells Spezialität. Es ist beinahe – nein.«

»Was?«

»Oh, unmöglich. Aber es ist beinahe, als wäre Pell so wütend darüber gewesen, daß seine Leute den Mord an ihm nicht verhindert hatten, daß er hinunterging und beide erstach.«

»Sehr nützlich ist diese Theorie nicht.« Basche setzte sich und starrte wieder auf die geordneten Reihen auf dem Teppich. »Warum sind sie überhaupt getötet worden?«

Lyons lehnte sich nachdenklich an die Wand.

»Oh, vielleicht weil man sie zum Schweigen bringen wollte. Es ist doch klar, daß beide viel gewußt haben müssen.« Lyons schenkte Kaffee ein. »Weiß Tyler schon Bescheid?«

Basche zog die Schultern zusammen.

»Das wird ihm einen ganz schönen Schlag versetzen.«

»Ja. Vielleicht wird es ihm guttun.«

»Wie? Was soll das heißen?«

Lyons setzte sich. »Ach komm schon, Roger. Tyler ist doch ein verschrobener Romantiker. Er betrachtete uns als eine Art von Geheimgesellschaft, deren Mitglieder durch Blutbande aneinander gefesselt sind.«

Basche neigte mit einem trüben Lächeln den Kopf.

»Nun, durch Blutbande sind wir ganz sicher aneinander gefesselt. Und das bringt mich auf einen Punkt, auf den ich schon lange einmal zu sprechen kommen wollte.«

»Der wäre?«

»Hör auf mit den ewigen Sticheleien.«

»Was!« Lyons richtete sich auf und musterte Basche neugierig. »Eines wollen wir doch einmal klarstellen, Roger. Wenn hier einer stichelt, dann bestimmt nicht ich.«

»Okay, okay. Tyler ist nicht gerade der umgänglichste Mensch der Welt – aber er ist nicht dumm. Wenn er dich fragt, was für ein Gefühl es ist, einen Menschen zu töten, dann ist er zwar verdammt taktlos, aber die Neugier ist echt. Wenn du ihm aber die gleiche Frage stellst, dann weiß er, daß du ihm damit eins auswischen willst. Da liegt der Unterschied.«

Lyons sagte nichts. Er griff nach der Zeitung und las noch einmal den Bericht aus Detroit. Schließlich legte er das Blatt auf den Tisch.

»Es würde mich interessieren, was diese Leute über uns wissen«, sagte er.

Basche zog die Brauen zusammen.

»Wie können sie überhaupt etwas von uns wissen?«

Lyons blickte auf den inzwischen verheilten Einstich an seinem Arm.

»Hast du das hier vergessen?«

»Das Ganze noch einmal«, sagte Joe Tyler.

»Ich sagte«, wiederholte Lyons, »daß diese Wäschereiquittungen in diesem braunen Umschlag in Pells Schreibtisch lagen.«

»Das ist alles, was du gefunden hast? Diese Dinger? Nichts in seiner Brieftasche?«

»Nur das, was du hier siehst.«

Tyler zuckte die Achseln. Lyons sah achselzuckend Basche an. Der schüttelte mürrisch den Kopf und schaute zum Fenster hinaus.

»Erstochen«, stellte Tyler fest. »Ergibt überhaupt keinen Sinn.« Seine Blicke schweiften über die Reihen von Unterlagen auf Lyons' Teppich. »He, wir sollten vorsichtig sein mit dem Zeug. Die Leute, die hier vorbeigehen, können direkt zum Fenster hereinschauen und die Sachen sehen.«

»Was sehen?«

»Das hier.«

Lyons seufzte. »Joey. Das ist nichts weiter als ein Haufen alter Papiere, die keinem Menschen auf Gottes grüner Erde auch nur das geringste bedeuten – nein, nicht einmal mir. Selbst ich kann mir aus ihnen nichts zusammenreimen. Glaubst du, daß jemand, der da draußen vorbeigeht, einen Blick darauf werfen und augenblicklich die Zusammenhänge verstehen kann? Joey, sei bitte nicht so nervös.«

»Nervös! In dem Haus, in dem wir waren, wurden zwei Menschen getötet, nachdem wir es verlassen hatten. Jemand ist uns auf den Fersen.« Er wies auf Lyons. »Wer weiß, was er ihnen verraten hat, als sie ihm die Spritze gaben.«

»Joey«, sagte Basche nachsichtig, »Lyons wußte überhaupt nichts, als sie ihm die Spritze gaben. Die Sache hat für uns doch erst angefangen, *nachdem* Reece zusammengeschlagen worden war, und das war *nach* dieser Spritzengeschichte. Kein Mensch weiß etwas. Reg dich ab.«

»Ich finde, wir sollten einmal eine Weile leise treten«, meinte Tyler.

Lyons verschränkte die Hände hinter dem Kopf.

»Und wie steht es mit deiner Rettet-Amerika-für-die-Demokratie-Rede, die du in der Bar gehalten hast?«

»Was meinst du?«

»Wir haben der Unterwelt noch längst keine schmerzhaften Verluste beigebracht. Tatsache ist, daß ich mit dem Gedanken gespielt habe, Hilfstruppen mobil zu machen.«

»Oh. Unheimlich komisch«, sagte Tyler.

»Es gibt noch ein Problem, von dem ich dir noch nichts gesagt habe, Joey.«

»Ich habe Angst zuzuhören. Was für eines denn?«

»Ich bin wieder betäubt worden.«

»Nein! Wann denn?«

»Gestern abend. Nachdem ich vom Flughafen nach Hause kam. Ich weiß nicht, wie sie hereingekommen sind. Aber sie waren hier.«

»Wieder ein Spritze? Mein Gott, Lyons, du mußt ihnen alles erzählt haben.«

»Keine Spritze. Ich weiß nicht, was sie hier getan haben. Sie haben nichts durchsucht. Sie haben meinen Koffer nicht geöffnet.«

»Na, das sagt ja dann alles.«

Tyler stand auf und wanderte im Zimmer auf und ab, nachdenklich auf einem Handknöchel kauend. Vor einem Fenster blieb er stehen und zupfte mit beiden Händen an den Enden seines Schnurrbarts. Basche rieb sich nachdenklich das Kinn.

Tyler sah Lyons an.

»Du hast wohl doch recht. Tut mir leid, daß ich deine dreizehn Fragen so geringschätzig abgetan habe.«

Basche blickte ihn fragend an.

»Was meinst du damit?«

»Ich meine, wir sollten versuchen, auf sämtliche Fragen von Lyons die Antworten zu finden.«

»Ach was?« Basche starrte Tyler an.

»Ja, indem wir ihm Zeit geben, sich mit diesen Fragen gründlich zu befassen. Wir müssen ein Moratorium einlegen.«

Basche wandte sich an Dan Lyons.

»Was sagst du dazu?«

Lyons zuckte die Achseln.

»Im Moment sind uns sowieso die Namen ausgegangen. Wenn ich es nicht fertigbringe, die Hintergründe dieser Affäre zu durchdringen, müssen wir Namen aus dem Hut ziehen.«

»Eine kleine Abkühlungsperiode müßte dir doch wie gerufen kommen, Dan«, meinte Tyler. »Du wolltest doch wissen, wann wir aufhören zu töten. Wir brauchen einen neuen Plan. Wir haben jeden erwischt, auf den wir es abgesehen hatten.«

»Außer einem.«

»Was soll das heißen?«

»Den Mann mit der roten Narbe am Hals.«

Der Polizeibeamte wartete, bis sich der drei Meter lange Plastikbeutel im Wind von der Jamaica Bay her blähte. Dann machten er und ein zweiter Beamter sich daran, Fleagles Füße und Beine in den Sack zu schieben.

Ein Kriminalbeamter sägte derweilen einen niedrigen Ast von einem Baum. Eine kleine Fahne Sägemehl wurde vom Wind fortgetragen. Der Kriminalbeamte hielt inne, um seinen Armmuskeln Zeit zu geben, sich zu entspannen. Er starrte auf den Einschuß in dem abgesägten Ast.

Die beiden Polizeibeamten hatten die aufgedunsene Leiche in den Plastiksack geschoben. Sie legten den Sack auf eine Tragbahre und deckten ein Tuch darüber. Dann schnallten sie die Leiche unter dem Tuch fest.

Das kurze Stück, das Fleagle in Todesangst zurückgelegt hatte, war ein langer, mühevoller Weg für die Polizeibeamten – durch die Marsch und die Böschung hinauf zum wartenden Fahrzeug.

Der Kriminalbeamte folgte, in der Hand die Säge und den Ast, in dem noch die vergeudete Kugel saß.

Er blieb stehen und hob Fleagles Krawatte vom Boden auf. Einen Moment lang betrachtete er sie neugierig. Er wog sie auf der Hand, entdeckte das Bleigewicht, schwang sie ein paarmal und untersuchte das Material.

Seit dem Abend, an dem Fleagle sie sich in seinem möblierten Zimmer um den Hals gebunden hatte, war sie immer wieder vom Nachtnebel durchnäßt, vom Regen aufgeweicht, von den Winden getrocknet und langsam von der Erde verfärbt worden, auf der sie so lange gelegen hatte.

Der Kriminalbeamte blickte die Böschung hinauf, wo die Türen des Sanitätswagens zuknallten.

Fleagle, ein Meister im Sezieren, sollte nun selbst seziert werden.

10

›Eine Reihe geistiger Phasen identifiziert den schöpferischen Akt, ja, den schöpferischen Geist selbst – den eines Problemlösers mit hoher Motivation.

Die erste Phase besteht darin, daß man sich des Problems bewußt wird. Das ist gar nicht so selbstverständlich, wie angenommen werden könnte. Viel menschliche Energie ist darauf verwendet worden, phantasielose Denker in allen Zivilisationen davon zu überzeugen, daß Probleme – selbst solche schwerwiegendster Natur – neu und greifbar sind. Danach folgt ein Definieren des Problems – häufig an sich schon eine schöpferische Handlung großer Ursprünglichkeit. Ja, gerade aufgrund ungenauer Definition haben schöpferische Geister oft auf geniale Weise das falsche Problem gelöst.

Die dritte Phase bringt die Durchdringung des Problems und der realen Daten, die es umgeben – einen ermüdenden Prozeß der Einverleibung –, tödliche Langeweile, die nur hochfliegende schöpferische Geister interessant finden. Dann folgt die Periode der Inkubation und oberflächlichen Ruhe – scheinbare Faulheit, in der Tat. Dann der fünfte und letzte Schritt – die Explosion, das Erkennen, der plötzliche Sprung über die Logik hinaus, über die üblichen Trittsteine zu normalen Lösungen hinaus.

Diese unerklärliche Explosion, das Überspringen von Logik und Zeit-als-Kontinuum und progressiver mathematischer Kleinarbeit, ist es, was den schöpferischen Geist zum bemerkenswertesten Werk im gesamten Universum macht.

Der Persönlichkeit des Problemlösers haftet eine Art von Besessenheit an. Er kann ein ungelöstes Rätsel nicht ertragen und nicht ruhen, solange eine Frage ungeklärt, eine Herausforderung unbeantwortet ist. Er wird rastlos, reizbar, reagiert feindselig auf Ablenkungen von außen.

Wenn sich der phantasielose Geist längst gleichgültig von dem ungelösten Problem abgewandt hat, geht der schöpferische Geist ihm noch immer mit beinahe übermenschlicher Konzentration nach.

Das ist ein entscheidendes Merkmal des schöpferischen Geistes. Er wird einfach nicht aufgeben. Niemals.‹

> Charles S. Wakefield
> Predator of the Universe:
> The Human Mind.

»Ich werde verrückt, Lyons, Sie haben Ihr Herz für hübsche Mädchen entdeckt. Versuchen Sie es doch einmal am Hoteleingang über der Straße. Da kommen und gehen die hübschen Bienen den ganzen Tag.«

Dan Lyons wandte sich vom Bürofenster ab und sah seinen Vorgesetzten an. Der Mann lehnte am Türrahmen.

»Vielleicht kann ich Sie ein paar Stockwerke tiefer setzen lassen. Wir sind zu hoch hier. Da sieht man ja nur die Frisur. Ja, ich werde mich bemühen. Vielleicht könnten Sie inzwischen ein wenig an dem Verkaufsplan für diesen Patenthammer arbeiten. Wie finden Sie den Vorschlag?«

»Ich habe einen besseren Vorschlag, Calvert. Arbeiten Sie an Ihren Manieren – zum Beispiel, daß man klopft, ehe man in ein fremdes Büro tritt.«

Er schlug Calvert die Tür vor der Nase zu und trat mit dem Feldstecher wieder zum Fenster.

Tyler und diese zweite Betäubung hatten ihn in den Verfolgungswahn getrieben. Er suchte den Hoteleingang nach verdächtigen Personen ab, hielt im Foyer des Bürogebäudes, in dem er arbeitete, beim Kommen und Gehen gründlich Umschau, wechselte die U-Bahnwagen, wenn er zur Arbeit oder nach Hause fuhr, spähte aus seinem Wohnungsfenster zur Straße hinaus, hatte neue Schlösser eingebaut. Er mißtraute sogar dem Wermutbruder, der unten an der Ecke den Weihnachtsmann spielte. Er war es müde. Zweimal waren sie ihm nahe genug gekommen, um ihn zu betäuben. Wenn sie wollten, schienen sie seiner jederzeit habhaft werden zu können. Warum sich also ängstigen?

Er setzte sich an seinen Schreibtisch und starrte auf das Wort, das auf einem gelben Zettel stand: ›Wäscherei‹. Dick umrandet. ›Wäscherei.‹ Er wußte etwas über dieses Wort, aber er konnte sich nicht erinnern. Er strengte sich zu sehr an. Vielleicht, wenn er ein wenig Ruhe gab . . .

Wie, zum Teufel, war er nur in diese Sache hineingeraten? In diesen Wahnsinn, der sein Leben beherrschte.

Seit Beginn seiner beruflichen Laufbahn hatte er nichts anderes getan, als Probleme zu lösen – Vertriebsprobleme, Verkaufsprobleme, Menschenprobleme, Motivationsprobleme. Er war bis ins Mark ein professioneller Problemlöser. Wie ein Wurm, der auf Erde stößt, begann er zu funktionieren, sobald er eine Frage berührte, ein Rätsel, ein Puzzle.

Die Fragen, die Vinnie Reece umgaben, hatten seinen geistigen Zangen, Meißeln und Rostlösungsmitteln nicht einen Zentimeter nachgegeben.

Und das Problem unterschied sich von allen anderen, denen er je begegnet war. Die falschen Antworten konnten sie alle drei töten.

Zum Teufel mit diesem Tyler, der in seinem tristen Klassenzimmer herummarschierte und völlig davon überzeugt war, daß Lyons, der Zauberer, ihre Probleme lösen, sie aus der Schlucht emporziehen würde, bevor das Seil riß.

Nicht heute. Montags gab es keine Wunder.

Wäscherei.

Vinnie Reece hatte einmal gesagt, er arbeite in einer Wäscherei. Doch er hatte für Charlie Ha Ha gearbeitet, einen libanesischen oder syrischen Importeur levantinischer Nahrungsmittel. Aber das entsprach auch nicht der Wahrheit; Charlie Ha Ha hatte nämlich verdammt wenig importiert.

Warum hatte Reece ›Wäscherei‹ gesagt? Eine Wäscherei ist ein Betrieb, in dem Sachen gewaschen werden. Kleidung. Autos. Heiße Autos? Wenn man gestohlene Wagen neu lackiert und verkauft, betreibt man dann im Jargon der Unterwelt eine ›Wäscherei‹?

Er saß mit gekreuzten Beinen auf dem Boden in seiner Wohnung. Rundherum lag das Wirrwarr von Papieren. Ein neues Patiencespiel, erfunden von Dan Lyons, von Beruf geistiger Hilfsarbeiter.

Wie ein Mann, der verstohlen unter umgedrehte Karten späht, nahm er verschiedene Papiere auf, sah sie an, legte sie nieder. Schließlich nahm er sich Anthony Pells Adreßbuch vor und die Liste der Telefonnummern, die er von Ozzie New York Avenues Wand in Sheepshead Bay abgeschrieben hatte. Er begann die Nummern zu vergleichen.

Er entdeckte die Nummer unter ›W‹. Nur ein Eintrag befand sich auf der Seite. ›Wäscherei‹. Und die eingeschriebene Nummer war die von Charlie Ha Has Büro.

Er machte sich auf dem Herd eine Dose Eintopf warm und aß, mit gekreuzten Beinen auf dem Boden vor seinen Papieren sitzend. Er aß zerstreut, starrte dabei auf das Blatt, auf dem er seine dreizehn Fragen notiert hatte.

1. Warum habe ich den Einstich einer Injektionsnadel im Arm?
2. Von wem stammt der Einstich?
3. Wie gelangten die fraglichen Personen in eine abgeschlossene Wohnung?
4. Wie haben sie es angestellt, ohne mich zu wecken?

5. Wer ist der Mann mit der roten Narbe am Hals?
6. Warum wurde Vincent Reeces Wohnung durchsucht?
7. Wer hat sie durchsucht?
8. Warum wurde er zu Tode geprügelt?
9. Wo hat Reece gearbeitet – Importfirma oder Wäscherei?
10. Wer ist Charlie Ha Ha?
11. Wie finde ich ihn?
12. Was haben Fleagles Flugreisen zu bedeuten?
13. Was war es, woran Vincent Reece sich nicht erinnern konnte?

Der Kessel pfiff. Lyons stand auf, nahm ihn vom Herd und schnitt der Dose mit dem Pulverkaffee eine Grimasse.

Er setzte sich und las die Fragen noch einmal.

Nummer 1 konnte er immer noch nicht beantworten. Charlie Ha Ha hatte ihn mit einer Wahrheitsdroge betäubt. Warum?

Nummer 2. Von wem stammt der Einstich? Von Charlie Ha Ha. Lyons stand auf, als es ihm plötzlich einfiel. Die Stimme, die er immer wieder hörte, die immer wieder dieselbe Frage stellte – das war Charlie Ha Has Stimme, die zu ihm gesprochen hatte, während er unter dem Einfluß der Droge gestanden hatte. Er hatte vergessen, daß er das wußte. Charlie Ha Ha war also in die Wohnung gekommen und hatte ihm, nachdem er ihn betäubt hatte, Fragen gestellt. Und seine Antwort hatte gelautet: ›Ich weiß es nicht.‹ Wenn er sich nur an Ha Has beharrliche Frage erinnern könnte. In jedem Traum träumte er dieselbe Antwort. ›Ich weiß es nicht.‹

Er ging zur dritten Frage über. Wie sind die fraglichen Personen hereingekommen?

»Keine Ahnung«, sagte er laut.

Er ging zur Tür und legte die Kette vor. Er nahm sie wieder weg und trat in den Gang und drückte die Tür zu. Dann zog er sie auf. Die Tür schwang in den Gang hinaus. Er drückte sie zu, öffnete sie dann einen Spalt. Er versuchte, mit der Hand an die Kette zu gelangen. Er erreichte die Kette und versuchte, sie in den Schlitz gleiten zu lassen. Unmöglich. Selbst wenn es ihnen gelungen wäre, die Kette zu öffnen, hätten sie sie niemals wieder vorlegen können.

Er hockte sich wieder auf den Boden.

Er sah Frage 4 an. Er hatte keine Ahnung, auf welche Weise sie ihn betäubt hatten. Und wenn Ha Ha es beim erstenmal gewesen war, wer war es dann beim zweitenmal gewesen? Und warum?

Frage 5. Nichts. Keiner der Männer, denen sie bisher begegnet waren, hatte eine Narbe am Hals.

Frage 6. Sie durchsuchten Reeces Wohnung, weil sie etwas suchten. Eine Information? Reece hatte immer wieder gesagt: ›Ich kann mich nicht erinnern. Ich kann mich nicht erinnern.‹

Frage 7. Wer hatte die Wohnung durchsucht? Vielleicht Fleagle. Vielleicht der Mann mit der Narbe. Vielleicht Ha Ha.

Frage 8. Reece wurde zu Tode geprügelt, weil sie von ihm eine Information haben wollten, an die er sich nicht erinnern konnte.

Frage 9. Reece arbeitete für eine bestimmte Art von Wäscherei, der die Importfirma als Fassade diente.

Frage 10. Wer ist Charlie Ha Ha? Ein Toter.

Frage 11. Du findest Charlie Ha Ha auf dem Friedhof.

Frage 12. Was bedeuten Fleagles Flugreisen? Dabei fiel ihm etwas ein. Er nahm seinen Block und stellte eine Liste der Daten auf, welche auf den Flugscheinen verzeichnet waren, die er in Ozzies Schreibtisch gefunden hatte.

Er brauchte eine halbe Stunde, um sie alle aufzuschreiben und dann mit Fleagles Flügen zu vergleichen. Kein Zusammenhang. Gelegentlich entfielen drei Flüge nach Detroit und zurück auf einen Überseeflug. Kein Schema. Kein Muster. Nichts.

Er starrte auf die letzte Frage und seufzte. Er wußte nicht, woran Reece sich nicht mehr hatte erinnern können.

Er nahm das Blatt zur Hand unf fügte neue Fragen hinzu.

›Warum wurde Ha Has Buchhalter getötet?‹

›Warum wurde Ozzie beauftragt, ihn zu beseitigen?‹

›Welcher Art war Pells Verbindung mit —‹

Er warf den Bleistift weg. Er brauchte Ruhe.

Beeil dich. Du mußt die Lösung finden. Der Feind sitzt dir im Nacken. Beeil dich. Beeil dich.

Er sprang auf und wanderte durch das Zimmer. Dann hatte er einen Einfall. Er verließ die Wohnung.

Terry Raphaels Wohnung war im Erdgeschoß. Sie öffnete die Tür bei vorgelegter Kette.

»Oh, Tag, Danny«, sagte sie und löste die Kette.

Ein zur Hälfte gefülltes Bierglas stand auf dem Bügelbrett. Eine abgebrannte Zigarette verglühte im Aschenbecher neben dem Glas. Terry zog den Stecker des Bügeleisens heraus. Dann ging sie zum Kühlschrank und reichte ihm eine Flasche Bier und ein Glas.

»Ich weiß. Sie suchen einen vierten Pokerspieler.«

Lyons lächelte stumm.

»Lachen Sie nicht, Dan. Ich spiele nicht schlecht. Ich besitze natürlich nicht Vinnies phantastisches Gedächtnis. Aber ich will Ihnen mal was sagen. Ich habe mehr als einmal Strip-Poker mit Vinnie gespielt und stand zum Schluß kein einziges Mal im Evaskostüm da.«

Lyons setzte sich auf die Couch und starrte in den kahlen Hof hinaus.

»Heute abend soll es Schnee geben«, sagte sie. »In Detroit hatten sie einen schrecklichen Schneesturm.«

»Ja, ich weiß.«

Dan Lyons trank einen Schluck Bier und starrte wieder zum Fenster hinaus.

»Sagen Sie mal, Terry, in was für einem Zustand befanden sich eigentlich Vinnies Angelegenheiten?«

»Vinnies Angelegenheiten? Keine Ahnung. Darüber hat er mit mir nie gesprochen.«

»Kein Testament?«

Sie schüttelte langsam, zweifelnd den Kopf.

»Ich – nein, Dan, ich glaube nicht.«

Sie setzte sich in einen Sessel, beugte sich vor und faltete die Hände zwischen den Knien. Ihr Gesicht wirkte tief durchfurcht im Lampenlicht. Ohne Schminke waren ihre Augen müde und umschattet.

»Er sagte einmal, er hätte ein nettes Sümmchen auf die hohe Kante gelegt. Er sprach davon, daß er sich in ein, zwei Jahren nach Italien zurückziehen wollte.«

»Wo das nette Sümmchen auf der hohen Kante lag, sagte er wohl nicht?«

»Ach.« Sie wedelte mit der Hand. »Ich habe ihm nie geglaubt.«

»Warum nicht?«

»Haben Sie schon einmal einen Pokerspieler mit Geld getroffen?«

Lyons lächelte. »Vielleicht verdiente er gut. Hat er mit Ihnen über seine Arbeit gesprochen?«

Sie zuckte die Achseln.

»Kaum. Er war Buchhalter, nicht wahr? In einer Importfirma. Da kann man bestimmt nicht reich werden. Außerdem –« Sie zuckte wieder die Achseln. »Wenn er Geld gehabt hätte, hätte er dann in so einer Bruchbude gewohnt?«

Der Wind rollte von Nordwesten heran, geschwängert mit dem Geruch nach Schnee. Der Nachthimmel über New York war bleiern, grau, ließ die Lichter der Stadt abprallen. Die Heizungsrohre knackten, als der Ofen auf die rasch fallende Temperatur ansprach.

Die Antwort befand sich hier vor seinen Augen. Wenn er nur die richtigen Fragen stellte ...

Er setzte sich mit einer Tasse Kaffee hin und überflog wieder die Fragen.

Das Telefon läutete. Er stand auf.

»Etwas gefunden?« fragte Joe Tyler.

»Nichts.«

»Du warst wohl eine Weile aus?«

»Ja. Spazieren. Warum?«

»Ich habe angerufen und dich nicht erreicht. Es könnte jemand in deiner Wohnung gewesen sein, während du weg warst.«

»Das wäre einmal etwas ganz Neues.«

»Im Ernst, Dan. Du mußt vorsichtig sein. Da kann jeder hinein. Die Wirtin hat doch Extraschlüssel. Von denen könnte sich jeder Abdrücke machen lassen. Willst du nicht doch lieber eine Weile bei mir Quartier beziehen?«

»Nein. Joe. Es ist schon gut. Wie kommst du mit den Zeitschriften vorwärts?«

»Gut. Schön. Naja. Ruf mich an, wenn –«

»Ja, werde ich tun.«

»Okay, Danny. Bis später.«

Er legte auf.

Hier können die Leute kommen und gehen wie am Bahnhof. Er fühlte sich sonderbar, als er sich setzte – so als würde er gleich durch den Boden sinken. Stand jemand hinter ihm? Er sprang auf. Und verlor das Bewußtsein.

Joe Tyler legte auf und hockte sich zwischen Stapel alter Zeitschriften auf den Boden. Der alte Koffer, in dem er sie hergebracht hatte, lag leer auf einem Sessel.

Ein stärker werdender Wind heulte um die Regenrinne über seinen Fenstern. Das einzige Geräusch in der Wohnung war das Rascheln der Schere, die durch die Seiten der Zeitschriften glitt.

Seine Schere hatte sich durch die Seiten sämtlicher Hefte von ›Fact Crime‹ und ›True Police Tales‹ durchgearbeitet, die in den letzten drei Jahren herausgekommen waren. Er hatte achtzehn Stapel von Ausschnitten über organisiertes Verbrechen angehäuft. Er hatte bereits die Organisationen und Personen in jeder Region in eine Tabelle eingetragen. Das traurige Lied der Zeitschriften war wahr: eine immer weiter um sich greifende, tödliche Krankheit breitete sich im Land aus – das organisierte Verbrechen. Sie hatte in einer Stadt nach der anderen die Polizei- und Gerichtsbehörden erfaßt, Polizeibeamte befallen, Staatsanwälte, Bürgermeister, Stadträte, Richter, Juristen und ungezählte Mengen anderer Bürger. Tyler war überzeugt: Sie würde die Nation zerstören.

Er arbeitete langsam an der Entwicklung eines Plans zur Abwehr und zur Vernichtung. Eine außergesetzliche Körperschaft in jeder Region, um den Syndikaten Paroli zu bieten. Eine außergesetzliche Körperschaft mit einem einzigen geheimen quasi religiösen Ziel: Ausrottung.

Eines machte ihm noch zu schaffen. Daß Lyons ein zweites Mal betäubt worden war. Er stand auf und ging zum Fenster. Aufmerksam schweiften seine Augen durch die Straße.

Unter den ungezählten Verbrechern, denen er auf den Seiten der Zeitschriften begegnet war, hatte er nicht einen Mann mit einer roten Narbe am Hals gefunden.

Etwas klapperte. Dann kam ein ohrenbetäubender Knall. Er schlug die Augen auf und wälzte unter Qualen seinen Kopf von der plattgequetschten Nase. Sie war mit verkrustetem Blut gefüllt.

Wieder begann die schwindelnde Fahrt auf der Achterbahn. Er spürte, wie sein Körper sich dehnte, dünn wurde wie ein Gartenschlauch. Dann schrumpfte er wieder zusammen, wurde flach wie eine Muschel. Heiß. Trocken. Sein Kopf schmerzte, als hätte man mit einem Hammer aus glühenden Nadeln auf ihn eingeschlagen.

Er klammerte sich an die Couch und zog sich hoch. Papiere überall. Er hatte auf ihnen gelegen. Eine eingetrocknete Blutpfütze auf seinem Frageblatt.

Er würde sich übergeben müssen. Er rappelte sich hoch und schrie auf vor Schmerz, als das Blut in seinem Kopf dröhnte. Blinzelnd suchte er das Badezimmer. Schwankend kroch er durch den Raum.

Er prallte gegen die offene Badezimmertür, glitt daran herunter, landete auf den Knien, kroch im Schneckentempo weiter. Als er sich aufrichtete, gelang es ihm, den Toilettendeckel zu heben und gerade noch den Kopf über die Schüssel zu halten.

Wieder dröhnte ein Knall durch die Wohnung. Er hatte das Gefühl, sein Kopf würde jeden Moment zerspringen. Seine Nase blutete. Er hörte sich stöhnen. Wimmern.

Wieder ein Knall. Und jetzt hörte er das heftige Klappern der Fenster. Der nächste Knall erschütterte den Spiegel des Apothekerschränkchens über seinem Kopf. Er fuhr herum wie ein in die Enge getriebenes Tier. Mit beiden Händen stützte er sich gegen die Wand und torkelte zur Badezimmertür.

Die Papiere lagen unordentlich verstreut dort, wo er sich auf ihnen gewälzt hatte. Alle Tischlampen brannten. Und die beiden vergitterten Fenster zur Straße klapperten unaufhörlich.

Sonst war alles im Zimmer in Ordnung. Nichts war zerschlagen.

Er drückte sein Gesicht gegen das kühle Holz des Türrahmens und sammelte Kraft für den langen Gang zur Couch.

Beim nächsten Knall erzitterte der Türrahmen unter seiner Wange. Der Korridor? Er tastete sich an der Wand entlang. Behutsam ließ er die Kette aus dem Schlitz gleiten, drehte das Schloß und öffnete die Tür.

Ein heftiger Windstoß, geladen mit eiskalter Luft, fegte ins Zimmer, fuhr zwischen die Papiere auf dem Boden und wirbelte sie durcheinander. Die massive, geschnitzte Holztür, die in den Vorraum führte, schwang langsam zum Türrahmen hin, fiel beinahe zu, wurde dann mit gewaltigem Knall gegen die Korridorwand geschleudert. Dan Lyons glitt, mit den Händen an die Wand gestützt, zur Tür.

Und da fiel ihm ganz plötzlich ein, völlig ohne Zusammenhang, woran er sich bei dem Wort ›Wäscherei‹ nicht hatte erinnern können.

*

Das Wasser aus dem tropfnassen Handtuch auf seinem Kopf rann ihm den Hals hinunter, und er lehnte sich über den Spültisch und trank ein Glas Wasser nach dem anderen. Dreimal schon hatten sie ihn jetzt überlistet, aber inzwischen wußte er wenigstens, wie den Kopfschmerzen am schnellsten beizukommen war. Mit kübelweise Wasser. Diesmal schmerzte sein Kopf so stark, daß er sich fragte, ob er nicht einen fortschreitenden Gehirnschaden davongetragen hatte. Selbst die kleinste Bewegung seiner Augäpfel ließ ihn aufschreien vor Schmerz. Er wollte sterben, aber er hatte nicht die Zeit.

Hatte jemand hinter ihm gestanden, als er ohnmächtig geworden war? Jemand, der die Tür zum Vorraum offengelassen hatte? Er blinzelte aus einem Auge auf seine Uhr. Es war halb drei Uhr morgens, und die Stadt stöhnte unter dem Angriff eines heftigen, arktischen Sturms. Am liebsten wäre er sofort in den Keller gegangen, aber er wußte, daß er sich erst eine Weile ausruhen mußte.

Das Geräusch war unverwechselbar. Das metallische Knacken eines Ladestreifens, der in ein Gewehrmagazin gestoßen wurde.

Roger Basche war hellwach in seinem dunklen Schlafzimmer. Kahle Äste kratzten an den Backsteinwänden des Mietshauses. Der Wind toste wie wilde Brandung, raste tobend durch die Stadt. Überall klapperte und quietschte und ächzte und stöhnte es. Geräusche. Rhythmische Geräusche.

Er lauschte.

Seine Ohren schirmten sich ab gegen die Geräusche von draußen, lauschten angespannt auf einen Laut im stillen Schlafzimmer.

Schatten von Ästen tanzten zuckend auf den Wänden des Schlafzimmers. In seinen Träumen hatte er sich in der heißen Ebene Afrikas befunden. Glühendheiß war es. Kein Lüftchen regte sich. Backofenluft wälzte sich von den Dünen herunter, strömte über die grasbewachsene Savanne des Jagdgeländes. Er war allein und hörte das Rascheln seiner Stiefel im ausgedörrten, braunen Gras.

Vor dichtem Buschwerk, dessen Blätter staubig waren, blieb er stehen. Er lauschte, spannte sich, als etwas Kleines und Schnelles aus dem Dickicht aufschwirrte. Es stieg steil in die Lüfte, und er feuerte darauf. Wirbelnd sauste es in die Tiefe. Als es auf den Boden prallte, sah er es deutlich.

Es war eine kleine Puppe.

Langsm, vorsichtig näherte er sich durch das Gras. Als er hinunterblickte, hörte er das Knacken eines Ladestreifens, der in ein Gewehr geschoben wurde. Nicht in ein Jagdgewehr. In ein Militärgewehr. Ein Gewehr, das gemacht war, Menschen zu töten. Hinter ihm, jenseits einer Düne.

Da war er aufgewacht.

Er knipste die Nachttischlampe an. Er schlug die Decke zurück und stand auf. Er durchquerte das Zimmer, schaltete die Lichter im Wohnzimmer ein, im Badezimmer und in der Küche.

Er war ganz allein.

Er knipste die Lichter alle wieder aus und setzte sich ans Fenster. Er fragte sich, wie Lyons und Tyler mit ihren Denksportaufgaben vorankamen. Vielleicht hatte Tyler recht. Vielleicht gab es eine Verschwörung gegen sie – einen Ring, der sich immer enger um sie schloß. Er spähte auf die Straße hinunter. Seine Gedanken schlugen plötzlich einen Haken und stellten ihm eine Tatsache klar vor Augen: Die Puppe war Ozzie New York Avenues Weihnachtsgeschenk gewesen. Durch sein geheimes Jagdrevier spukte die Puppe eines Kindes.

Der Alptraum hatte den Schlaf erstickt.

Vor dem amerikanischen Sezessionskrieg hatten Levi Coffin und Robert Purvis eine Untergrundeisenbahn für entflohene Sklaven betrieben. Eine ihrer Zweiglinien mündete in einem ›Bahnhof‹ in New York, Gerüchten zufolge in den Kellern von Brooklyn, von denen aus man durch Geheimtunnel zu den Docks gelangen konnte.

Als er das letztemal im Keller gewesen war, hatten er und Vinnie einen regnerischen Sonntagnachmittag damit zugebracht, nach einem Geheimgang zu den Docks zu suchen. Sie hatten keinen gefunden.

Jetzt stieg er langsam hinunter, fast wahnsinnig vor Kopfschmerzen, mit wackeligen Beinen, die unter ihm vor Erschöpfung zitterten. Das Licht der nackten Glühbirne am Fuß der Treppe stach ihm in die Augen.

Stufe für Stufe arbeitete er sich hinunter, die eine Schulter an die Wand gestützt. Der Geruch nach Moder war widerlich.

Der alte Klavierschemel stand immer noch neben einigen längst auseinandergebrochenen Korbstühlen an der hinteren Wand. Und auf dem Schemel lagen vier hohe Stapel von Zeitungen und Zeitschriften.

Eine Hand drückte er an den Kopf, und mit der anderen zog er eine Zeitung nach der anderen vom Schemel und ließ sie klatschend auf den Boden fallen. Er würde lange brauchen.

Er ging den ersten Stapel bis hinunter zur letzten Zeitschrift durch und machte sich an den zweiten. Seine Füße waren schon unter Zeitungen und Zeitschriften begraben.

Als er sich halbwegs durch den zweiten Stoß hindurchgearbeitet hatte, fand er es. Zu krank, um Triumph zu empfinden, zu schwach, um nachzulesen, konzentrierte er seine ganze Energie auf den langen, mühsamen Weg über den unebenen Kellerboden zur Treppe und auf den qualvollen Aufstieg.

Als er wieder in seiner Wohnung war, legte er sich mit höchster Behutsamkeit auf die Couch. Langsam sank er in Schlaf, tief, tief und noch tiefer, während in den Straßen der Sturm tobte, Bäume entwurzelte, Fensterscheiben zertrümmerte, leere Mülltonnen vor sich her fegte.

Er hatte die Wäscherei gefunden.

11

Stille.

Ein schmaler Streifen stillen Sonnenlichts lag auf der Wohnzimmerwand.

Stille. Was war daran so ungewöhnlich?

Ein Rohr knackte in den Wänden. Das ferne Rauschen fließenden Wassers. Dann wieder Stille.

Die Uhr. Sie war stehengeblieben. Lyons hatte vergessen, die Kette hochzuziehen.

Er legte den linken Arm über seine Augen und wartete. Wenn er sich jetzt bewegte, würde sein Kopf wieder zu schmerzen anfangen. Die Gelenke seiner Glieder würden knirschen wie rostige Flaschenzüge. Dreimal betäubt. Seine Arme – er blickte auf die eine Armbeuge, dann auf die andere. Kein Einstich.

Er senkte den Arm und drehte langsam den Kopf. Er bewegte die Augen und richtete sie auf die Wanduhr. 7.10 Uhr. Seit wann stand die Uhr? Erst seit ein paar Sekunden. Dienstag? Ja. Der frühe Morgen eines hellen, windigen Tages. Weihnachtszeit.

Er wollte aufstehen, mit der Arbeit anfangen. Schnell. Gefahr. Auf. Auf. Vorsichtig richtete er seinen Oberkörper auf, schwang die Beine von der Couch und blieb auf ihrem Rand sitzen. Sein Genick protestierte. Seine Augen schmerzten. Seine Zunge klebte am Gaumen. Seine Magenmuskeln taten weh. Ein langer, langer Tag.

Er begann seine Behandlung mit zwei Tabletten und einem großen Glas Ananassaft. Dann nahm er sich Fleagles Tagebuch vor.

Er verglich die Zielorte in dem Buch mit den Namen der Städte, die in dem Artikel der Zeitschrift aufgeführt waren, die er im Keller gefunden hatte.

Identisch. Mexico City, Panama, Nassau, Liechtenstein, Curaçao und Zürich. Natürlich.

Seine Augen brannten beim Lesen. Er stand auf und wanderte

in der Wohnung herum, während er sich die Informationen, die er jetzt besaß, durch den Kopf gehen ließ.

Er zog die Uhr wieder auf und dachte an Teresa Raphael.

Eine faszinierende neue Frage war ihm eben eingefallen.

Terry Raphael ging gerade mit dem Staubsauger durch die Diele, als er die Treppe heraufkam. Seinen schmerzpochenden Augen war sie eine zuckende, schwarze Flamme vor dem entsetzlich grellen Lichtgeflimmer der beiden Türen. Er legte die Hand über die Augen, als er sich ihr näherte. Das Heulen des Staubsaugers tat seinen Ohren weh.

»O Schreck«, murmelte sie, als sie die Maschine ausschaltete. Sie betrachtete ihn einen Moment, während er vor ihr stand und zwischen seinen Fingern hindurch zu ihr hinspähte. »Ich weiß nicht, ob ich für Sie den Arzt oder den Leichenbestatter rufen soll. Muß ja eine tolle Nacht gewesen sein.«

»Pst! Die kleinste Vibration – sogar Lachen –, und ich zerspringe in tausend Scherben. Haben Sie ein paar Tabletten für mich?«

»Kommen Sie mit.«

Er folgte ihr in ihre Wohnung und setzte sich an ihren Küchentisch. Sie gab ihm zwei Tabletten und eine Tasse Kaffee.

»Was haben Sie getrunken?« fragte sie. »Von der einen Flasche Bier, die ich Ihnen gegeben habe, kann das doch nicht kommen.«

»Höchstens wenn Sie ein Betäubungsmittel hineingemixt haben.« Er betrachtete sie durch die Ritzen seiner Finger.

»Betäubungsmittel?«

»Ja. Ich bin in meiner Wohnung ohnmächtig geworden, und als ich aufwachte, war mir speiübel Ich kann kaum meinen Kopf hochhalten.« Er beobachtete sie aufmerksam. »Sind Sie schon einmal betäubt worden, Terry?«

»Hat Vinnie Ihnen das denn nicht erzählt?«

»Was denn?«

»Eines Abends ist jemand hier in die Wohnung eingedrungen«,

erklärte sie, »und gab mir eine Spritze in den Arm. Ich dachte, ich wäre am Ende. Nie in meinem Leben habe ich mich so elend gefühlt.«

»Wann war das?«

»Oh ...« Sie starrte zu Boden. »Vor zwei Wochen. Ja, es war ein paar Tage vor – vor Vinnies Tod.« Sie setzte sich neben ihn an den Küchentisch. »Lassen Sie die Finger davon, Dan.«

»Wie?«

»Halten Sie sich da 'raus. Vinnie war kein Unschuldsengel.«

»Ich verstehe wohl nicht recht.«

»Hören Sie. Ich weiß nicht, was eigentlich vorgeht. Vinnie hat nie darüber gesprochen. Ich habe ihn nie gefragt. Aber sogar ein Blinder mit einem Krückstock konnte sehen, daß Vinnie Geschäfte machte, die nicht ganz astrein waren.«

»Sie wollen sagen, Vinnie stand mit der Unterwelt in Verbindung?«

»Er trieb sich mit allen möglichen lichtscheuen Elementen herum. Er kannte alle Verbindungsleute, Erpresser, Buchmacher und Spieler, Schwindler, Hochstapler und Schläger. Es war kein Versehen, daß er zu Tode geprügelt wurde. Jemand hat mit ihm abgerechnet.«

Er seufzte und stützte den Kopf in die Hände. »Warum?«

Sie schüttelte den Kopf.

»Hat er Ihnen jemals irgendwelche Unterlagen zur Aufbewahrung gegeben?«

Sie zündete sich eine Zigarette an. »Nein. Nichts. Können Sie sich erinnern – Sie sprachen einmal davon, daß Sie sich auf einen Frachter zum Mittelmeer einschiffen und ein Jahr lang auf den griechischen Inseln gammeln wollten. Soll ich Ihnen einen Rat geben?«

»Nein.«

Sie schüttelte ärgerlich den Kopf. »Sie wollen es mit allen auf einmal aufnehmen. Mit dem ganzen Gesindel. Lassen Sie es, Dan. Jeder bekommt das, was er verdient.«

»Wie Vinnie?«

»Genau. Hören Sie mir einmal zu. Ich habe das schon im Geschichtsunterricht in der Mittelschule entdeckt. Menschen und Länder sind gleich. Sie fangen großartig an – alle im Gleichschritt, ein Herz und eine Seele – wie bei der Armee. Dann bricht das alles plötzlich auseinander. Jeder denkt nur noch an sich. Sieh, wie du fertig wirst, Jack, ich muß mich um mich selbst kümmern. So erobern die Verbrecher die Uneinigen. Die Menschen im allgemeinen sind keinen roten Heller wert – und sie sind es gewiß nicht wert, daß man für sie in den Tod geht. Und das bezieht sich auf Sie.«

Sie machte eine Pause und blickte auf seinen gesenkten Kopf.

»Neulich haben Sie aber ganz anders geredet. Da wollten Sie Blut sehen.«

»In mir ist alles leer. Und jetzt muß ich zusehen, wie Sie sich Hals über Kopf ins Unglück stürzen.«

»Ich kann schwimmen.«

Sie stand auf und wies auf die Tür.

»Lassen Sie mich in Ruhe. Ich kann nicht zwei im selben Monat betrauern.«

Lyons nahm die Hände von den Augen und sah sie an.

»Vielleicht brauchen Sie das gar nicht.«

Fleagle.

Und Ha Ha.

Und Ozzie New York Avenue und sein Leibwächter.

Und Ha Has Büroangestellter.

Und Anthony Pell.

Und Pells Leute.

Sie alle hatten geplündert, geprügelt und gemordet, um etwas ganz Bestimmtes zu finden. Papiere.

Jetzt waren sie alle tot. Was sie gesucht hatten, befand sich noch auf der Erde. War noch immer unentdeckt. Verborgen.

Wo?

Wo nicht? Lyons stellte im Geist eine Liste auf. Nicht in Ha Has Haus. Nicht in seinem Büro. Nicht bei Pell. Ha Ha hatte gemeint, es müßte bei Reece zu finden sein. Doch Vinnies Wohnung war durchsucht worden; Vinnie hatte es also auch nicht gehabt.

Wenn Reece die Unterlagen besessen hatte – ganz gleich, was für Unterlagen das waren –, wo hätte er sie dann versteckt?

Hier? In dieser Souterrainwohnung? Wenn er sie in Lyons' Wohnung versteckt hätte, dann an einem Ort, auf den Lyons nie gestoßen wäre.

Aber wo?

»Eidetisches Erinnerungsvermögen.«

»Was ist das?« fragte Lyons.

»Das, was Sie beschreiben.« Professor Townsend wedelte mit der Hand. »Das ist der Ausdruck, den Psychologen gebrauchen. – Wissen Sie, Dan, Sie sehen schrecklich aus. Waren Sie krank?«

»Ich fange schon an, mich wieder zu erholen.«

»Wovon?«

»Kommen wir auf das eidetische Erinnerungsvermögen zurück.«

»Also gut. Normalerweise speichert das Gehirn unbegrenzt Informationen. Wir haben nur noch lange nicht gelernt, seine Kapazität auszunutzen. Es funktioniert wie ein unglaublich feinnerviger Computer – nur das System der Informationswiedergabe, das Gedächtnis also, ist sehr schlecht ausgebildet. Okay?«

Lyons neigte zum Zeichen, daß er verstand, vorsichtig den schmerzenden Kopf.

»Heute«, fuhr Professor Townsend fort, »werden Tausende von Informationen Ihr Gehirn erreichen. Die Monitoren in Ihrem Kopf werden einen großen Teil aussieben, und Sie werden sich am Abend schon nicht mehr daran erinnern. Was dagegen gespeichert wird, verblaßt allmählich. Es ist da, aber irgendwie verlieren wir den Schlüssel zur richtigen Schublade. Das ist alles ungeheuer kompliziert, und ich könnte Stunden damit zubringen,

Ihnen zu erklären, wie das Gehirn Informationen aussortiert und ihnen Werte beimißt, ehe es sie speichert. Aber kommen wir wieder zum eidetischen Erinnerungsvermögen.«

»Haben Sie vielleicht eine Kopfschmerztablette da?«

»Natürlich. Ich bin gleich zurück.«

Professor Townsend eilte aus dem hohen, schmalen Raum, in dem er sein Büro hattte, während Lyons vor dem Schreibtisch sitzen blieb und auf den Campus hinausblickte, der jetzt wegen der Weihnachtsferien verlassen war. Die Kopfschmerzen waren erträglicher geworden, und das Gefühl des Triumphs wuchs in ihm. Das Problem war der Lösung nahe. Er lehnte sich in seinem Stuhl zurück und las die Titel auf den Rücken der Bücher, die in den hohen Regalen an den Wänden standen.

Er hörte Schritte und Stimmen im Gang und drehte sich um. Professor Townsend stand mit Professor Gregory auf der Schwelle. Beide blickten zweifelnd auf Lyons.

»Hier ist Ihre Tablette, Dan. Äh – wollen Sie uns wirklich nicht etwas mehr erzählen?«

»Warum?«

»Wissen Sie, was das Zeug enthält, das Sie mir gegeben haben?«

»Nein.«

»Eine Droge, die zur Familie der stärksten Schlafmittel gehört. In der Konzentration, wie ich sie hier vorgefunden habe, könnte das Mittel Sie für immer ins Traumland befördern. Ich rate Ihnen, mit der Polizei zu sprechen.«

Lyons nickte.

Professor Townsend sah Professor Gregory an.

»Danke, Pete.«

Professor Gregory maß Lyons mit einem langen Blick.

»Sie spielen mit Dynamit.«

Lyons sah dem Chemiker in die durchdringenden Augen.

»Ich spiele nicht, Professor.«

Professor Gregory nickte und ging. Lyons wandte sich Townsend zu.

»Deshalb sehen Sie so schlecht aus!« sagte Professor Townsend. »Eidetisches Erinnerungsvermögen.«

»Okay, Dan. Okay. War ich schon bei RNS und DNS?«

»Nein.«

»Also. Es liegt wohl auf der Hand, daß wir die Arbeitsweise des phantastischen Computers, der uns allen mitgegeben ist, verbessern müssen. Insbesondere die Informationswiedergabefunktion.«

»Das Gedächtnis.«

»Ja, das Gedächtnis. In den letzten Jahren hat man sich ganz besonders stark mit der RNS beschäftigt. Der Ribonukleinsäure. Einige Biochemiker glaubten, sie könnte die Substanz sein, die das Gehirn zur Speicherung von Informationen einsetzt. Eine molekulare Grundlage für Daten.

Jetzt verdächtigt man die DNS, die Desoxyribonukleinsäure. Anlaß dieser Forschungen ist die Tatsache, daß die Wissenschaft weiß, daß es Gehirne gibt, die phantastischer Leistungen fähig sind. Und dazu gehört die eidetische Wiedergabe. Im Volksmund nennt man das fotografisches Gedächtnis, und seine Leistungen sind ehrfurchteinflößend. Thomas Babington McCauley zum Beispiel konnte Miltons ›Paradise Lost‹ noch jahrelang, nachdem er es auswendig gelernt hatte, fehlerlos rezitieren. Ich habe einen Kollegen, der die Verfassung der Vereinigten Staaten wortwörtlich hersagen kann; und zwar tut er dies, indem er die Augen schließt und den Text von den Seiten seines Schulgeschichtsbuchs abliest – deren Bild in seinem Gedächtnis gespeichert ist. Er sieht sogar die Seitenzahlen. Das ist reines eidetisches Erinnerungsvermögen.«

»Hm.« Lyons sah ich nachdenklich an. »Zufall.«

»Was?«

»Ach nichts. Nach allem, was Sie mir eben gesagt haben, hat

die eidetische Kapazität des menschlichen Gehirns keine Grenzen.«

»Keine bekannten Grenzen, ganz recht. Aber eines muß ich dazu noch sagen.«

»Ja?«

»In vielen Fällen lassen die eidetischen Fähigkeiten nach Überschreiten der Lebensmitte nach.«

Die eine Hand an den dröhnenden Kopf gepreßt, durchsuchte Lyons seinen Kleiderschrank. Dann machte er sich über die Küchenschränke und das Backrohr her. Er musterte aufmerksam die Wände, hielt nach einem losen Paneel, einer losen Leiste Ausschau. Er inspizierte sein Badezimmer, stocherte hier und dort mit einem Schraubenzieher im gefliesten Boden herum. Dann nahm er sich die Fliesen des Küchenbodens vor. Schließlich löste er Stück um Stück den Teppichboden.

Danach hockte er in den bleichen Strahlen der Wintersonne und dachte nach.

Er wußte nicht, was er suchte, doch wenn er es fand, dann war das Rätsel gelöst.

Er glaubte zu wissen, wo er suchen mußte.

Lyons stieg die verwitterte Holztreppe hinauf und blickte auf die Tür, die immer noch angelehnt war, gesplittert an jenen Stellen, wo die groben Füße von Pells Leuten gegen das Holz getreten hatten. Er stieß sie auf.

Zuerst setzte er sich an den Schreibtisch des alten Mannes. Die Schubladen waren leer, verstaubt. Er fand ein paar alte Büroklammern und einige Bogen unbeschriebenen Papiers. Pells Leute hatten offenbar alles mitgenommen, was irgendwie beschriftet gewesen war.

Auch Charlie Ha Has Schreibtisch war geleert worden. Die alten Aktenschränke enthielten nichts. Die Safetür stand immer noch offen. Das Sodium Penthotal leistete immer noch der

Spritze Gesellschaft. Lyons nahm die Flasche heraus, bohrte den Gummipfropfen aus der Öffnung und goß den Inhalt auf den Boden. Dann zerschmetterte er die Flasche.

In Vinnies Büro standen nur ein Schreibtisch und ein Stuhl, auf dem Schreibtisch war ein altes Telefon. Die Schubladen waren leer. Er zog eine nach der anderen heraus und drehte sie um. Nichts.

Lyons setzte sich auf Vinnie Reeces Stuhl und starrte stirnrunzelnd durch die fast blinde Fensterscheibe und fragte sich, warum auch er nicht finden konnte, was alle die anderen nicht hatten finden können. Es gehörte zu den Grundsätzen der Kreativität, einen Faktor in der Gleichung zu ändern.

Das Offensichtliche zu verwerfen. Lyons verwarf.

Die Flurlampe warf ein langes Lichtoval in den Raum, als die Tür aufschwang. Nichts war verändert worden. Das Zimmer schien darauf zu warten, daß Terry Raphael endlich ihren Mut zusammennahm und mit den Aufräumungsarbeiten begann.

Er schaltete die Deckenbeleuchtung ein und lehnte sich müde gegen den Türpfosten. Er erinnerte sich an das dumpfe Klopfen von Vinnies Schuhen, an das lallende Gemurmel, das qualvolle Sichwinden eines verletzten Tieres.

Seine Augen schweiften über die Reihen leerer Schachteln und Dosen, die in der Küche auf dem Boden standen, über die absatzlosen Schuhe im Schrank, die Büschel von Baumwollwatte, die zerstörte Couch, die Kleiderhaufen, die aufeinandergestapelten Kommodenschubladen, die willkürlich herumgeschobenen Möbelstücke.

In der Kochnische fing er an. Er nahm die erste leere Schachtel zur Hand. Haferflocken. Er riß sie auseinander. Nichts. Er zerriß alle anderen Schachteln, untersuchte jedes leere Glas und jede leere Dose. Auf einem Hocker stehend erforschte er jeden Winkel der leeren Küchenschränke, nahm das Schrankpapier heraus und musterte es sorgfältig auf beiden Seiten. Er schob den Kühlschrank weg, untersuchte sein Inneres, nahm die Eisschalen heraus und leerte die Würfel in eine Schüssel heißes Wasser.

Mit einem Messer stocherte er in sämtlichen Ritzen zwischen den Fliesen herum. Er nahm das Backblech aus dem Ofenrohr, zwängte seine Hand hinter den Ofen, in den schmalen Spalt zwischen Ofen und Küchenschrank.

Nichts.

Eine Stunde später hatte er sich durch den Schrank und die Kleiderstapel, durch die Schubladen der Kommode hindurchgearbeitet.

Jetzt hob er das Linoleum im Badezimmer. Darunter Eichendielen. Helle Eiche. Große, schwarze Teerflecken, längst ausgetrocknet und gesprungen. Angestrengt untersuchte er den Boden unter dem Linoleum. Nichts.

Langsam wanderte er durch das Wohnzimmer, tastete mit den Händen die Tapete ab. Er griff hinter die Heizkörper und rüttelte an den Bodenleisten. Dann schob er die Möbel vom Teppich.

Vom Fenster aus rollte er den Teppich auf bis zur gegenüberliegenden Wand.

Nichts.

Erschöpft, der Fragen und des Suchens müde, dennoch nicht willens aufzugeben, ging er zum Fenster. Seine Schritte hallten auf dem nackten Holzboden wider. Er lehnte sich ans Fensterbrett und ließ den Blick durch das Zimmer wandern. Seine Augen glitten über die Decke, die Wände und den Boden.

Die schirmlose Tischlampe, die er benutzt hatte, um bei der Suche im Bad genug Licht zu haben, stand noch immer neben der Badezimmertür. Ihr Schein fiel auf die mit Schellack überzogenen Holzdielen. Der Widerschein traf schmerzhaft seine immer noch empfindlichen Augen, und er kniff sie zusammen.

Er stemmte sich vom Fensterbrett ab und wanderte langsam wieder durch das Zimmer, blinzelnd, den Kopf zu Boden geneigt. Er kniete nieder und ließ die Finger über die Dielen gleiten, während er langsam den Kopf bewegte, um die Spiegelungen im

Schellack zu sehen. Kratzer. Feine Kratzer. Unzählige schwache Kratzer.

Lyons stand auf und schritt zur Tür. Er zog die Teppichrolle weg und zwängte sich durch den Türspalt in den Flur. Er rannte die Treppe zu seiner Wohnung hinunter, kramte in seinem Schreibtisch und stürzte mit einem Vergrößerungsglas wieder nach oben.

12

»Was ist es, Lyons?«

»Es ist ein Miniaturjournal mit einer Reihe von Konten, von denen jedes aus einer Soll- und einer Habenspalte besteht.«

»Aber warum denn das?« fragte Joe Tyler. Er kniete nieder und betastete die feinen Einkerbungen. »Warum hat er das alles nicht in ein normales Journal eingetragen.«

»Weil er ein fotografisches Gedächtnis hatte. Hier. Sieh dir das Ganze durchs Vergrößerungsglas an. Jetzt drehe die Lampe. Na, siehst du es?«

»Unglaublich«, sagte Roger Basche. »Ich kann es mit knapper Not erkennen – hier steht ein Name mit einer Nummer daneben, und darunter befinden sich zwei Zahlenkolonnen. Was hat die Nummer zu bedeuten?«

»Sie gehört zu einem Schweizer Bankkonto.«

Basche setzte sich auf und lehnte sich an den aufgerollten Teppich.

»Schweizer Bankkonto? Warum?«

»Geld«, gab Lyons zurück. »Mit Rauschgifthandel, Buchmacherei, Prostitution, Hehlerei, Erpressung verdient. Ganze Koffer voll von schmutzigem Geld – Geld, das erst wieder reingewaschen werden muß. Es muß versteckt und investiert werden. Ha Ha und Reece boten den Geschäftemachern der Unterwelt genau das, was sie brauchten: eine Geldwäscherei. Sie bedienten sich eines

Netzes von Banken in sechs ausländischen Städten, das schließlich in die Schweiz zu einem Nummernkonto führte. Absolute Geheimhaltung. Schweizer Banken sind diskret. Nicht einmal unser FBI erhält Informationen von ihnen. Wenn man also schmutziges Geld hatte, dann brachte man es zu Ha Ha und Reece, die dafür sorgten, daß es im Schnee der Schweizer Alpen gesäubert und reingewaschen wurde. Dann ließ man das Geld vom eigenen, geheimen Schweizer Konto zurücktransferieren und legte es in amerikanischen Unternehmen an – anonym. Makellos rein. Okay?«

»Ja«, erwiderte Basche. »Jetzt erkläre uns diese Runen.«

»Charlie Ha Has Wäscherei bot zweierlei. Zuverlässigkeit. Die dunklen Geschäftemacher vertrauten ihm. Und absolute Geheimhaltung. Er muß garantiert haben, daß über keine der Transaktionen schriftliche Unterlagen geführt wurden – also nichts, was das Finanzministerium einem Gericht hätte vorlegen können.« Er wies zu Boden. »Und diese Kratzer da führten zu dem ganzen Rummel. Vinnie Reece besaß ein fotografisches Gedächtnis, sie benutzten seinen Kopf als eine Art menschliche Buchhaltungsmaschine.«

»Das ist doch nicht möglich«, warf Tyler ein.

»Doch. Und so unglaublich ist das gar nicht. Diese Konten waren ziemlich aktiv, er brauchte also die Zahlen niemals lange im Kopf zu behalten. Da die Beträge sich dauernd änderten, blieben die Informationen frisch in seinem Gedächtnis.«

»Phantastisch«, sagte Basche. »Weiter.«

»Ja, alles lief bestens, bis Vinnie entdeckte, daß sein Gedächtnis nachzulassen begann. Vinnie ließ davon natürlich kein Sterbenswörtchen verlauten. Zuerst besorgte er sich Bücher darüber, wie man sein Gedächtnis verbessern kann. Als es aber mit seiner Vergeßlichkeit immer schlimmer wurde, begann er, die Informationen heimlich niederzuschreiben. Hier. Es ergibt sich nun folgendes Problem: Wenn man im Büro ist und jemand eine Nummer verlangt und man sich nicht daran erinnern kann, was tut man dann? Man versucht, den anderen hinzuhalten, richtig? Man fährt nach Hause und bringt die Antwort später mit – vielleicht erst am nächsten Tag. Genau die Verhaltensweise, die einen mit allen Wassern gewaschenen Kompagnon wie Ha Ha mißtrauisch machen würde. Er muß geglaubt haben, daß Reece ihn übers Ohr hauen wollte; deshalb heuerte er Fleagle an, um Vinnie einen tüchtigen Schrecken einzujagen. Als ich Vinnie hier fand, sagte er: ›Ich kann mich nicht erinnern.‹ Und Ha Ha sagte: ›Reece hat mich mit ins Grab gezogen.‹ Könnt ihr euch das vorstellen? Da hat man nun so ziemlich die gefährlichsten Leute der Welt als Kunden – und plötzlich stirbt einem das ganze Buchhaltungssystem unter der Hand weg. Stirbt. Das ganze Geld, das man den explosiven Kunden schuldet, liegt sicher auf einer Bank, und niemand kann je wieder heran. Die Leute, die zu der Besprechung bei Ha Ha kamen, das waren die Kunden, und sie waren natürlich neugierig, weil ein Mitarbeiter ihrer Geldwäscherei gestorben war. – Vinnie Reece. Als sie dann zur Besprechung eintreffen, ist auch Ha Ha tot. Kein Ha Ha, keine Bücher. Von Ha Ha garantiert. Keine Bücher. Da liegt nun das ganze Geld und ist so gut wie verloren.«

»Wie hast du das nur alles herausgebracht, Lyons?« fragte Basche.

»Ich bin nicht ganz sicher, daß ich recht habe. Aber das Wort ›Wäscherei‹ brachte mir plötzlich die Erleuchtung. Ich sah ein paar alte Ausgaben einer Finanzzeitschrift durch und fand es. Sie hatten einmal einen Artikel über Geldwäsche gebracht. Das andere Wort war ›Gedächtnis‹. Ich versuchte mir vorzustellen, wo Vinnie die Unterlagen über die finanziellen Transaktionen versteckt haben könnte. Schließlich kam mir der Gedanke, daß aufgrund seines glänzenden Gedächtnisses das beste Versteck sein Kopf gewesen wäre. Dann erkannte ich, daß der Schlüssel zu dem ganzen Drama sein nachlassendes Erinnerungsvermögen war.«

»Phantastisch«, sagte Tyler feierlich. »Phantastisch.«

»Und sind jetzt deine dreizehn Fragen beantwortet?«

Lyons lächelte. »Ja. Sehen wir sie uns noch einmal an.«

»Erstens«, sagte Roger Basche, das Blatt vor sich, »Einstich.«

»Nun, wir wissen, wer dahintersteckte. Ha Ha. Er versuchte es bei mir und bei Teresa. Er muß geglaubt haben, wir steckten mit Vinnie unter einer Decke.«

»Wie ist er hereingekommen?«

»Das war lächerlich einfach. Ich vermute, Fleagle kam darauf. Und ich kam in der Nacht, als wir den schweren Sturm hatten, dahinter. Die Tür zum Vorraum schlug auf und zu, und mir war sterbensübel, und ich torkelte hinaus in den Gang und erkannte, wie sie die Tür geöffnet hatten. Paßt auf!«

Lyons öffnete die Wohnungstür und schloß sie hinter sich. Basche und Tyler behielten die Tür im Auge. Sie hörten mehrere kurze Stöße, und plötzlich hob sich die Tür aus den Angeln.

»Na?« fragte Lyons. »Diese blöde Tür öffnete sich nach außen. Außen sitzen auch die Angeln. Man braucht also nur ein Werkzeug, um die Bolzen aus den Angeln zu schlagen, und schon ist man in meiner Wohnung, ob nun die Kette vorgelegt ist oder nicht.«

Joe Tyler half ihm, die Tür wieder einzuhängen.

»Okay. Aber wie konnte es passieren, daß du dreimal betäubt worden bist?«

»Dreimal von Ha Ha und Fleagle.«

»Nein. Die sind tot«, sagte Tyler.

»Aus dem Grab, Joey.« Lyons stellte ein Glas Pulverkaffee auf den Tisch. »Schlamper. Sie machten sich nicht einmal die Mühe, das Glas mitzunehmen. Ich hätte ruhig in die ewigen Jagdgründe eingehen können, das wäre ihnen gleich gewesen.«

»Sie haben das Zeug unter deinen Pulverkaffee gemischt und das Glas einfach hier gelassen?«

»Eine Frage hast du noch nicht beantwortet«, stellte Basche fest.

»Welche?«

»Wer ist der Mann mit der roten Narbe am Hals?«

Joe Tyler stürzte in die Wohnung, riß die braune Umhüllung von den beiden Champagnerflaschen. Er schleuderte seinen Mantel auf einen Sessel und machte sich daran, den Plastikpfropfen aus der Flasche zu drehen. Plötzlich sprang der Pfropfen hoch, und Tyler goß schäumenden Champagner in drei Gläser.

»Auf – auf uns!« sagte Tyler und hob sein Glas.

Sie tranken darauf.

Basche schüttelte den Kopf.

»Dir müßte eigentlich etwas Originelleres einfallen, Joe.«

»Hm.« Tyler nickte. »Das war wohl ziemlich mies, was? Na, versuch du es doch.«

»Ich? Ich bin kein beredter Mensch. Lyons, einen Trinkspruch.«

Lyons runzelte die Stirn.

»Ich kann es auch nicht viel besser. Auf Vinnie oder seine Freunde können wir nicht anstoßen. Wir sollten auf den Erfolg trinken. Okay?«

»Auf den Erfolg!« rief Basche und spülte einen großen Schluck Champagner hinunter.

»So, Roger«, sagte Tyler, »und jetzt bist du dran.«

Roger Basche machte ein nachdenkliches Gesicht.

»Wie wäre es mit – nein. Okay. Ich hab's. Ich schlage vor, wir trinken auf Dans phantastisches Gehirn. Möge es noch lange Wellen schlagen.«

»Auf das Gehirn«, rief Tyler und trank. Er nahm die Flasche und goß mehr Champagner ein.

»Wie wäre es –«, begann Basche gedankenvoll. »Wie wäre es mit einem Toast auf das Geld? Wieviel Geld liegt da oben auf dem Boden, Lyons?«

»Ich dachte schon, ihr würdet überhaupt nicht fragen. Seid ihr gefaßt?«

»Ja, los, rede schon.«
»Dreiundvierzig –«
»Dreiundvierzig was?«
»Dreiundvierzig Millionen Dollar.«

Basche lag auf dem Boden, das Champagnerglas auf der Brust. Er sah zu, wie es wackelte, während er lachte.

»Gottvoll«, stöhnte er. »Diese dreckigen Schweinehunde, da haben sie sich mit Rauschgifthandel, Falschspiel, Betrug und dem ganzen Katalog der Sünden halb zu Tode geschuftet, und jetzt haben sie ihren ganzen Gewinn verloren. Dieser Tag müßte zum gesetzlichen Feiertag erklärt werden. Nein, ist das eine Wucht! Diese Schweinehunde . . .« Er lachte brüllend.

»Und das Schönste daran ist«, sagte Joe Tyler, »daß sie es sich selbst zuzuschreiben haben. Sie haben nach ihren gewohnten Geschäftsmethoden gehandelt und mit ihrer Geheimniskrämerei und ihren Prügelstrafen ihr eigenes Geld vernichtet. Herrlich!« Er lachte. »Das nenne ich Gerechtigkeit.«

»Was wollen wir denn nun damit anfangen?« fragte Lyons.

»Womit?«

»Mit dem Geld.«

Basche fuhr hoch. »Du meinst – wir können uns das Geld holen?«

»Allzu schwierig dürfte das nicht sein.«

»Das kann doch nicht wahr sein.«

»Doch. Die nötigen Anweisungen findest du in dem Zeitungsbericht.«

Basche legte sich wieder hin.

»Stellt euch das einmal vor. Wir sind dreiundvierzigfache Millionäre.«

Tyler zupfte nachdenklich an seinem Schnurrbart. Dann klatschte er plötzlich in die Hände und krähte: »Halleluja!«

Basche blickte auf die Papiere und Notizbücher, die in einem unordentlichen Haufen unter einem Stuhl lagen.

»Hast du die Wäschereiquittung auch entschlüsselt, Dan?« Er nahm eine aus dem Haufen und sah darauf nieder.

»Ganz einfach«, erklärte Lyons. »Schau – Leintücher für Einer; Kissenbezüge für Zehner – acht Kissenbezüge sind achtzig Dollar; Handtücher für Hunderter und so fort.«

»Warte mal. Diese Quittung ist für einen Betrag von – Heiliger Strohsack! Einhunderttausend – nein – einhundertvierundzwanzigtausendneunhundertundachtzig Dollar! Guter Gott! Wenn das FBI Pell hätte nachweisen können –«

»Genau. Deshalb wollten sie keine schriftlichen Unterlagen.«

»Das ist aber doch eine«, meinte Basche.

»Ja, das verwirrte mich auch eine Weile. Aber ich glaube, es war als Quittung gedacht.«

»Wie?«

»Ha Ha traute keinem, schon gar nicht den Kurieren. Deshalb arbeitete er die Wäschequittung aus. Der Kurier pflegte das Geld zu zählen und dann einen Wäschezettel als Quittung auszuhändigen. Sobald Ha Ha das Geld hatte, bestätigte er die Summe, und dann hätte die Quittung eigentlich vernichtet werden müssen. Pell war da ein wenig schlampig.«

»Du bist wirklich ein Genie, Lyons«, sagte Basche und blickte Lyons an. »Manchmal machst du mir direkt Angst. Schaltet dein Verstand eigentlich niemals aus? Ich fühle mich unbehaglich, wenn du denkst und ich nicht.«

Tyler goß Whisky in Basches leeres Glas.

»Ruhig Blut, Roger.«

»Nein. Laß ihn reden«, sagte Lyons.

»Ich rede nicht. Es ist nur – Sieh mal, wir stecken doch alle drei in dieser Sache – bis zum Hals. Richtig? Okay. Wir müssen einander vertrauen können. Es ist schon so, wie Joe gesagt hat. ›Mitgefangen, mitgehangen.‹ Wir sind miteinander verheiratet – lebenslänglich. Und manchmal frage ich mich: Was denkt er jetzt? Es macht mir Angst, und ich will dir sagen, warum. Wenn du die Hand im Spiel hast, bleibt nichts einfach und unkompliziert. Wenn wir beispielsweise Fleagle getötet und das Tagebuch nicht gefunden hätten, dann wäre die Sache damit beendet gewesen. Wir hätten Vinnie gerächt gehabt. Aber dein Hirn hat keine Ruhe gegeben. Du verstehst doch, was ich meine, Lyons, nicht wahr?«

Lyons zuckte die Achseln.

»He«, rief Tyler. »Wir wissen immer noch nicht, was wir mit dem Geld anfangen wollen. Los, denken wir alle mal scharf nach.«

Er setzte sich auf den Boden und zog den Stapel Papiere unter dem Stuhl hervor. Müßig blätterte er ihn durch.

Roger Basche hatte sich aufgesetzt und starrte mit zusammengezogenen Brauen durch das Fenster. Von fern hörte er das vorweihnachtliche Glockengeläut einer Kirche.

»Ich hab's«, rief Joe Tyler und goß sich Whisky in sein Glas. »Ich habe das ganze Problem gelöst.« Er sah die beiden anderen an.

»Heraus mit der Sprache«, sagte Basche.

»Schreiben wir es ab – das ganze Gekritzel. Und dann schicken wir es mit einem Begleitschreiben ans FBI. Und das FBI kann auf einen Streich siebenundzwanzig der gefährlichsten Gangster im ganzen Land festnehmen. Na, ist das ein Gedanke?«

»Klasse«, meinte Basche nickend.

»Was sagst du, Lyons?«

»Gut. Guter Einfall.«

»Ich dachte an Erpressung«, bemerkte Basche. »Aber der Gedanke allein macht mir Angst.«

Tyler wandte sich wieder den Papieren auf dem Boden zu.

»Was für eine einmalige Gelegenheit«, sagte Basche.

»Ja.« Tyler strich sich über den Schnurrbart und musterte die anderen beiden abschätzend. Im Nachdenken seufzte er tief. Dann stand er auf. Er wanderte ein paarmal auf und ab. »Hört mir einmal zu. Ich habe etwas zu sagen.«

»Natürlich, Joey«, erwiderte Lyons. »Schieß los.«

»Also, wir haben diese Affäre abgeschlossen. Ich meine, die Sache mit der Geldwäscherei. Die Beteiligten sind alle tot. Jetzt müssen wir entscheiden, was wir als nächstes unternehmen wollen. Richtig?«

»Nichts«, versetzte Lyons.

»Laß mich erst einmal reden, Dan. Du weißt, was da oben liegt. Dreiundvierzig Millionen. Und das ist nur ein Tropfen. Das organisierte Verbrechen blutet uns finanziell aus und zerstört die Moral unserer Gesellschaft. Das Verbrechen ist drauf und dran, die mächtigste Zivilisation der Welt zu stürzen. Dem muß Einhalt geboten werden. Mit diesem Geld, das da oben liegt, können wir eine Untergrundorganisation ins Leben rufen, die überall im Land das Verbrechen bekämpft. Wir können Zellen in den größeren Städten bilden – wie jede andere revolutionäre Bewegung. Wir könnten das organisierte Verbrechen in fünf oder zehn Jahren vernichten.«

Basche setzte sich auf.

»Auf mich brauchst du da nicht zu rechnen. Nimm das Geld und gehab dich wohl. Dafür bin ich nicht geschaffen. Ich bin ein guter Anzeigenvertreter, aber ein ganz mieser Verbrechensbekämpfer.«

»Du bist großartig. Nicht mies. Du hast Mut und eine ruhige Hand. Und du besitzt den natürlichen Jagdinstinkt. Und genau das sind wir. Jäger! Wir machen Jagd auf Verbrecher.«

»Nein, Joey. Diese Geschichte hat mich schon an den Rand meiner Nervenkraft gebracht. Ich werde mit so etwas nicht fertig.«

»Dan.«

Lyons blickte von einem zum anderen.

»Joey, das ist ein brillanter Vorschlag. Er gibt uns ein neues Ziel. Es ist genau das, woran du glaubst. Ich bin überzeugt, du kannst eine ganze Armee von Helfern mobil machen.«

»Ja, aber – ich sehe es schon kommen.«

»Nun, Mrs. Raphael sagte es neulich zu mir. Die Menschen –

die Gesellschaften – bekommen genau jene Art von Recht und Regierung, die sie verdienen.«

»Ach, so meinst du das. Guter Einfall, aber nichts für mich.«

»So ähnlich, ja.«

Tyler goß Whisky in sein Glas nach und setzte sich wieder. Er blickte auf Basche und dann auf Lyons.

»Scheiße!«

Roger Basche trank einen Schluck aus seinem Glas, lehnte den Kopf zurück und gurgelte laut.

»Wißt ihr was?« sagte er dann. »Warum nehmen wir nicht ein winzig kleines Sümmchen von den dreiundvierzig Millionen und bauen die tollste Jagdhütte, die die Welt je gesehen hat? Was ganz Exklusives, nur für die Reichsten der Reichen. Wir würden selbst reich werden und ein phantastisches Leben führen. Na?«

»Wieviel?« fragte Tyler.

»Oh, eine Million. Anderthalb? So in der Größenordnung. Das ist der Traum meines Lebens. Dafür wäre ich der Richtige. Ich bin ein guter Jäger, ich kann mit Leuten umgehen, und ich habe einen ganz guten Geschmack. Ich weiß, ich könnte eine Jagdhütte bauen, die jeden echten Jäger in einen Begeisterungstaumel versetzen würde.«

»Ich sage dir etwas, Roger«, meinte Tyler. »Tu du das ruhig. Ich bilde inzwischen meine Untergrundorganisation.«

»Okay. Und was ist mit unserem großen Schweiger hier?«

»Ja.« Tyler stand auf, einen Moment voller Unbehagen. »Was geht in diesem Kopf vor, der Basche solche Angst macht?«

Lyons sah ihn an.

»Joey, ich bin überzeugt, es ist viel einfacher, als man meint, dem organisierten Verbrechen das Handwerk zu legen. Alle großen Unternehmen haben größte Mühe, geeignete Führungskräfte zu finden. Ich bin sicher, daß das in der Verbrecherwelt nicht anders ist. Ja, ich wette, wenn wir die siebenundzwanzig Kunden von Ha Ha töten könnten, dann hätten wir das organisierte Verbrechen für die nächsten zehn Jahre lahmgelegt.«

»Aha! Du willst doch auf etwas ganz Bestimmtes hinaus.«

»Richtig. Es ist ein Gedanke – nun vielleicht gefällt er mir gerade, weil er eine Art poetischer Gerechtigkeit enthält. Diese siebenundzwanzig Männer sind durch das Verbrechen reich geworden. Wäre es deinem Sinn für ausgleichende Gerechtigkeit nicht eine Genugtuung, wenn diese siebenundzwanzig nun selbst Opfer des Verbrechens würden – von ihren eigenen Waffen zerstört, in ihren eigenen Fallen gefangen?«

»Weiter. Wie?«

»Nimm an, wir rekrutierten siebenundzwanzig Mörder. Jeder bekommt das, was auf dem Schweizer Konto seines Opfers liegt. Diese siebenundzwanzig würden um die ganze Welt fliehen, um den Mördern zu entkommen, die erbarmungsloser wären als alle Polizei- und Gerichtsbehörden der Welt. Der Erfolg wäre garantiert. Die siebenundzwanzig wären ab sofort ausgeschaltet und würden eines gewaltsamen Todes sterben, nachdem sie geflohen sind wie zu Tode geängstigte Tiere. Gefällt dir diese Vorstellung nicht – daß siebenundzwanzig skrupellose Schweinehunde endlich das bekommen, was sie verdient haben?«

Die beiden blickten ihn ernst an. Keiner sprach. Dann legte Roger Basche den Kopf in den Nacken und lachte. Er verschluckte sich, kicherte. Lachte wieder. Laut. Er knallt seine Hände zusammen.

»Lieber Gott, Lyons, auf deiner schwarzen Liste möchte ich nie stehen.«

13

Das Nebelhorn des Frachters am Ende der Straße weckte ihn. Es brüllte wie ein angeketteter Bulle. Er lag da und lauschte dem Quietschen der Winden und Kräne.

Er stand auf und zog dicke Sachen an und wanderte durch die noch dunklen, bitterkalten Straßen zum Hafen. Es war ein schönes, schwedisches Frachtschiff, das beladen wurde.

Lyons empfand eine starke Neigung, einfach an Bord zu gehen. Einfach davonzusegeln.

Ihre Anstrengungen waren umsonst gewesen. Vinnie Reece hatte seine eigene Rache genommen. Indem er gestorben war, hatte er den infamen Siebenundzwanzig gerade das genommen, was sie am höchsten schätzten. Geld. Seine drei Freunde hatten lediglich vier sinnlose Morde verübt.

Er fror.

Diese dreiundvierzig Millionen Dollar. Absurd. Nichts weiter als Kratzer auf dem Boden. Geld, das menschliche Ungeheuer aus ihren Opfern herausgepreßt hatten. Er fragte sich, wie viele Würfelspiele es repräsentierte, wie viele Unzen Heroin, Marihuana, Haschisch, wie viele Rennwetten, tierische Umarmungen auf schmutzigen Laken in Hinterzimmern, wie viele eingeschlagene Schädel, aufgeschlitzte Taschen, gestohlene Brieftaschen, Einbrüche, Überfälle. Wie viele?

Ein Pinsel und eine Flasche Terpentin. Vier oder fünf Pinselstriche über den Schellack, und die Kratzer würden vor seinen Augen verschwinden. Für immer.

Teresa Raphael hatte recht. Er hatte eine Fahrt ins Mittelmeer dringend nötig. In die sonnendurchflutete Ägäis.

Basche erwachte schweißgebadet. Wieder gemartert von der zerschmetterten Puppe. Sein ureigenstes Terrain, seine Zuflucht, seine heimliche Welt, für immer zerstört. Von einer Puppe, so zerfetzt wie Vinnie Reeces Couch.

Sein geheimes Jagdgebiet gab es nicht mehr. Es war zu einem Ort der Qual, zur Kulisse seiner Alpträume geworden. Die Puppe jagte ihm Todesangst ein. Das Knacken des Gewehrs ließ Schweiß aus allen seinen Poren brechen.

Er erwachte mit einer bedrückenden Frage, die er vergessen hatte, die aber jetzt wieder auftauchte: Wer hatte Pells Chauffeur und Pells Haushälterin erstochen?

An den hängenden Zweigen der Eichenbüsche flatterten noch die lederartigen, braunen Blätter. Das hohe Gras neigte sich sacht im leichten, kalten Wind. Das Grundwasser der Marsch war gefroren. Es sah aus wie milchig-weißes Glas. Der Wind summte durch das trockene Rohr, das nickende Gras, die welken Eichenblätter.

Basche stand auf dem Parkplatz. Die Eiskristalle in den Asphaltritzen knirschten unter seinen Füßen, und er schritt zu der Wand aus Riedgras, die die Böschung des Parkplatzes abschirmte.

Er rutschte, glitt, sprang den Hang hinunter. Seine Augen fanden den Baum, und er schritt über den harten Boden der Marsch, über vereiste Grasbüschel, über Steine und hartgefrorene Erdhügel. Der kalte Wind griff unter seinen Mantelkragen und jagte ihm einen Schauder den Rücken hinunter. Er vergrub die Hände tief in den Taschen und ging weiter, um nach der Leiche zu suchen.

Und die ganze Zeit lauschte er auf das Knacken eines Gewehrs.

Salzregen schäumte aus der Brandung auf und flog zischend über den Streifen winterharten Sandstrands. Seevögel flogen schnell am Rand der Brandung dahin, ständig auf der Jagd nach Nahrung, wohl wissend um die Stürme, die über den Atlantik auf sie zurollten.

Es war sehr kalt im pfeifenden Wind, und Basche ging gebückt, den Kopf eingezogen. Seine Stiefel hinterließen eine lange Spur am Rand des Meeres.

Er mußte die Stelle längst passiert haben. Er kehrte um und schritt, vom Wind getrieben, zurück, noch angespannter Ausschau haltend. Keine Spur am Strand, keine Hand, die aus dem Sand ragte, kein Hügel, keine Senke.

Es war, als räumte hinter ihnen jemand auf; als legte jemand die Spielsachen wieder in den Spielzeugschrank, fegte die Leichen fort, um die Bühne für den nächsten Akt frei zu machen.

Er fühlte sich wehrlos. Verwundbar. Er war nicht mehr der Jäger, der Einzelgänger, der sich nur auf sich selbst verließ. Er war an zwei andere gebunden, und das Gefühl, sich auf sie verlassen zu müssen, daran glauben zu müssen, daß sie nicht plötzlich Schuldbewußtsein empfinden und gestehen würden, behagte ihm nicht. Sie hatten dunkle Geheimnisse. Sie waren jetzt aufeinander angewiesen.

Eine üble Sache.

Die weiße Seltzerscheibe fiel ins klare Wasser. Zischend stieg eine Wolke von Luftbläschen vom Grund des Glases auf.

Joe Tyler blinzelte aus blutunterlaufenen Augen in das Glas. Champagner und Whisky. Er hatte einen Kater, und er war müde. Er war erwacht, sobald die Wirkung des Alkohols nachgelassen hatte, und er hatte den Rest der Nacht kein Auge mehr zugetan. Das Geld hatte ihm keine Ruhe gelassen. Das Geld.

Er konnte das werden, wovon jeder Philosoph träumt. Ein Mann der Tat. Ein Mensch, der echte Macht ausübte. Die Erklärung eines heiligen Krieges. Die Jugend der Nation. Zu Gruppen formiert in jeder Stadt. Geheim. Informationen sammelnd, Akten anlegend – über jeden Verbrecher. Vorbereitungen für einen Guerillakrieg in jeder Stadt. Ein Ende dem unverfrorenen Treiben der Verbrecher.

Mit rauschenden Gewehren würde seine Gesellschaft sich in der Geschichte einen Platz schaffen, die atavistischen Rechtsbrecher auslöschen, das Nest von Ungeziefer und Schmutz befreien. Türen aufstoßen, aus automatischen Waffen feuern. Schnelle

Nachtüberfälle. Man würde sie an einer unterirdischen Mauer an die Wand stellen. Ra-ta-ta. Leichen zwischen Geldscheinen und Würfeln. Einen Ring nach dem anderen würde man zerschmettern, bis das Verbrechen, die Verbrecher überall in die Enge getrieben waren.

Auch die korrupte Polizei würde man nicht schonen. Ein Schuß in den Hinterkopf, wenn die geldgierige Hand ausgestreckt wurde. Auch Politiker nicht. Und unehrliche Geschäftsleute. Es würde vielleicht Jahre dauern. Doch bald genug würde man der Gesellschaft den Kopf wieder zurechtsetzen. Korruption würde dann nicht mehr als clever oder gewagt angesehen werden. Moralische Entrüstung würde sie abwürgen und seine Organisation überflüssig machen.

Sieg!

Mit diesen dreiundvierzig Millionen Dollar konnte die Menschheit gerettet werden.

In seiner Erregung trank Tyler das Seltzerwasser zu früh und mußte die nur zur Hälfte gelöste Tablette kauen.

Schnee lag in der Luft.

Eine tiefhängende Decke dicker, grauer Wolken trieb am frühen Nachmittag aus Nordwesten heran. Um drei Uhr sagte der Wetterbericht Schneefälle bis zu zwanzig Zentimetern Höhe an.

Lyons fand es an der Zeit, seinen Zug zu machen. Er verließ sein Büro und fuhr mit der U-Bahn zum Stadtbüro der Peregrine Schiffahrtsgesellschaft. Dann nahm er die U-Bahn nach Brooklyn.

Es war der 23. Dezember.

Die Fenster von Vincent Reeces Wohnung standen offen. Die Vorhänge flatterten im Wind.

Lyons blieb am schmiedeeisernen Tor stehen und blickte stirnrunzelnd hinauf. Dann ging er ins Haus. Der Flur in der Nähe seiner Wohnungstür sah aus wie ein Möbellager.

Die aufgeschlitzte Couch lehnte an der Wand. Reeces Teppich

und Bettwäsche lagen daneben. Der Küchentisch und die Stühle standen bei der Kellertür, andere Hindernisse standen im ganzen Flur herum.

Lyons stieg die Treppe hinauf. Oben standen weitere Möbelstücke. Die Kommode, die Schubladen, in denen jetzt Kleider und Schuhe gestapelt waren. Die Wohnungstür war angelehnt.

Lyons stieß sie langsam auf. Das Badezimmer war vollgepfropft mit Sachen. Eine Lampe stand schief auf dem Waschbecken. Die Küchensachen – leere Dosen und Schachteln, Geschirr, Papierkorb – lagen aufeinandergestapelt im Spültisch. Der Holzfußboden der Wohnung war völlig frei gemacht worden.

Von der Fensterwand bis zur hinteren Wand der Kochnische war das Parkett bis auf das blanke Holz abgezogen und frisch versiegelt worden.

Dank des starken Windes, der durch die Fenster hereinblies, war es beinahe schon trocken.

Theresa Raphaels Gesicht zeigte eine Mischung aus Zorn und Verwirrung. Sie saß im Flur in Vinnie Reeces Lehnstuhl, noch immer im Wintermantel, den Hut auf dem Kopf.

»Nein«, sagte sie zu Dan Lyons. »Ich habe die Leute nicht bestellt. Ich weiß nicht, wer es war. Es kann nur ein Irrtum gewesen sein.«

»Vielleicht der Eigentümer des Hauses«, meinte Lyons.

»Eigentümer? Der Eigentümer bin ich, Dan.«

Überrascht forschte er in ihrem Gesicht.

»Das Haus gehört Ihnen?«

»Ja. Würden Sie mal hineingehen und die verdammten Fenster schließen? Ich werde stundenlang dazu brauchen, das Haus wieder warm zu kriegen, und für heute abend ist ein Schneesturm angesagt.«

Lyons schritt über den leicht klebrigen Boden zu den Fenstern und schloß sie. Das Zimmer roch stark nach frischem Holz und Lack.

Als Lyons zurückkam, hockte Teresa Raphael noch immer in dem Sessel. Sie lächelte. Dann lachte sie.

»Verrückt. Er hat das falsche Haus erwischt. Ich habe ganz umsonst ein nagelneues Parkett bekommen. Auf dem Boden müssen mindestens fünfzehn Schichten von altem Lack gewesen sein. Sehen Sie sich diesen Flur an. Gott, ist das eine Schweinerei.«

Lyons nickte und lauschte ihrem klirrenden Gelächter.

Joe Tyler traf als erster ein.

»Das darf doch nicht wahr sein!« schrie er Dan Lyons an und rannte an ihm vorbei die Treppe hinauf.

Lyons folgte ihm.

Tyler trampelte laut über den Boden. Dann kam er zur Tür zurück, die braunen Augen wütend zusammengekniffen.

»Weggewischt. Wir haben uns das Geld durch die Finger schlüpfen lassen. Dumm, dumm, dumm!« Er marschierte hin und her. »Was weiß sie von der Sache?«

Lyons zuckte die Achseln.

»Sie meint, die Leute haben sich im Haus geirrt.«

»Natürlich. Ganz klar. Irgend so ein Holzkopf – Hilfsschulausbildung – schreibt sich am Telefon die falsche Nummer auf und löscht eine der phantastischsten Chancen, die der Menschheit je geboten wurden, einfach aus.«

»War es so?«

»Was soll das heißen?«

Lyons beobachtete Tyler unverwandt, ohne ihm zu antworten. Tyler ging langsam auf Lyons zu.

»Du –« Er wies auf den Boden. »Nein. Warte.« Er hielt inne und überlegte. »Gehen wir hinunter zu dir. Setzen wir uns einen Moment hin.«

Basche war voller Mißtrauen, als er kam. Er blieb auf dem Bürgersteig stehen und musterte die jetzt geschlossenen Fenster von

Reeces Wohnung, er spähte nach beiden Richtungen die Straße entlang, klopfte dann leise an Lyons' Fenster.

Er trat stumm ein. Seine Augen wanderten über die Möbel im Flur. Dann stieg er die Treppe hinauf wie früher so oft am Freitagabend.

Er marschierte über den Teppich in der Diele, öffnete die Tür und blickte in die Wohnung. Dann drehte er sich um und sah Lyons an, der in der Diele stand, und Tyler, der durch den Treppenschacht heraufspähte.

»Was meinst du?« fragte Tyler, als alle drei wieder in Lyons' Wohnung waren. »Die Wirtin behauptet, es sei ein Irrtum.«

»Quatsch«, sagte Basche.

»Lyons meint, es sei unser Freund mit der Narbe gewesen«, fuhr Tyler fort.

»Quatsch«, sagte Basche wieder. »Dreiundvierzig Millionen Dollar. Wir hätten hundert Armeen aufstellen können, Tyler, und trotzdem noch genug gehabt für – für anderes.« Er schlug mit der flachen Hand auf sein Knie. »Nun, vielleicht ist es am besten so. Diese ganze Sache wurde allmählich sowieso etwas unheimlich. Ich habe schon eine ganze Weile das Gefühl, daß mir einer im Nacken sitzt.«

Lyons lehnte mit verschränkten Armen am Türpfosten und beobachtete ihn aus schmalen, unfreundlichen Augen.

»Gott im Himmel«, sagte Tyler und ließ sich in einen Sessel fallen.

Lyons beobachtete Tyler, der klein und geschrumpft wirkte in seinem zerknitterten Anzug. Dann wandte er sich Basche zu, groß, gespannt wie eine Feder, makellos in seinem maßgeschneiderten Mantel. Wortlos schlug sich Basche nochmals mit der flachen Hand aufs Knie.

Lyons wartete.

Basche blickte ihn an, sah die verschränkten Arme, den feindselig vorgeschobenen Kopf.

»Das ist dein Terrain, Lyons. Verstehst du mich?«

Lyons blickte ihn stumm an.

»Was redest du da?« fragte Tyler.

Basche antwortete nicht.

»Hör doch auf, Roger«, sagte Tyler. »Wir drei sind noch lange nicht aus dem Schlamassel heraus. Er hat das bestimmt nicht eingefädelt.«

»Woher willst du das wissen?«

»Weil es unlogisch wäre – und Lyons ist alles andere als unlogisch«. Tyler strich sich nachdenklich den Schnurrbart und blickte in Basches kalte Augen.

»Woher willst du wissen, daß ich es nicht war? Oder die Wirtin?«

Basche senkte einen Moment die Lider, blitzte dann Lyons an.

»Klar«, sagte Tyler. »Vielleicht Lyons und die Wirtin. Man kann sich schon ein paar Helfer leisten, wenn man dreiundvierzig Millionen hat. Aber vielleicht warst du es, Roger.«

»Ha!«

»Von wegen ha! Überleg doch, Roger. Wir haben das nicht getan. Keiner von uns – schon gar nicht Lyons. Er hat es entdeckt. Wenn er es für sich allein gewollt hätte, dann hätte er uns gar nichts davon zu verraten brauchen.«

»Es soll vorkommen, daß Leute plötzlich anderen Sinnes werden«, sagte Basche.

»Mensch, sei doch vernünftig, Roger. Ich glaube, daß uns jemand an den Kragen will. Entweder wir halten zusammen und machen einen Plan, oder wir sterben alle – getrennt oder miteinander.«

Basche blickte auf Lyons. »Du hast nichts zu sagen?«

Lyons musterte Basche langsam von Kopf bis Fuß. »Wieviel hast du den Leuten bezahlt, die das Parkett abgezogen haben?«

Basche sprang auf. »Du Schwein! Versuch' ja nicht, mit mir Katz und Maus zu spielen.«

Lyons richtete sich auf. »Du vernagelter Idiot. Du bist der einzige von uns dreien, der blöde genug ist und plump genug, um eine solche Idiotie fertigzubringen.«

»Lyons, ich warne dich.«

»Wovor, wenn ich fragen darf?«

»Roger, halt den Mund«, rief Tyler. »Haltet beide den Mund. Zum Teufel mit dem Geld. Ich möchte nur, daß wir aus dieser Geschichte lebend herauskommen. Und das können wir nur, wenn wir zusammenhalten. Einander vertrauen.«

»Dazu ist es zu spät«, gab Lyons zurück.

»Nein. Hör zu, Roger, derjenige, der das da oben gemacht hat, tat es nur, um uns gegeneinander aufzuhetzen. Und dann wird er uns einen nach dem anderen abknallen.«

»Ach!« Roger Basche fegte mit der Hand durch die Luft.

Lyons durchquerte das Zimmer. »Jetzt paß einmal auf, Basche. Ich glaube, wir werden am heutigen Abend das Ende unseres Bündnisses erleben. Ich glaube, jeder von uns wird seinen eigenen Weg gehen. Doch um der Solidarität willen und weil es ums Überleben geht – ja, ums Überleben –, werde ich versuchen, ganz deutlich zu werden. Das da oben habe ich nicht getan. Er hat es nicht getan, und du hast es nicht getan. Wenn du das nicht glaubst, dann verschwinde. Dann gibt es nämlich keine Basis mehr für ein Zusammenhalten. Wenn du es aber glaubst, dann kannst du auch sehen, daß wir auf der Abschußliste stehen. Wir müssen einen Plan fassen, sonst sind wir bald tot.«

Basche sagte nichts.

»Roger, wir müssen etwas unternehmen«, drängte Tyler.

Basche nickte. »Okay. Ich werde darüber nachdenken. Morgen.«

»Es gibt kein morgen, Basche«, sagte Lyons.

»Ich habe ›morgen‹ gesagt.« Basche stand auf.

»Vergiß nicht, deine Tür abzusperren«, rief Lyons.

Tyler blickte zum Fenster hinaus.

»Es schneit«, sagte er.

14

Das Telefon läutete um 21.10 Uhr. Dan Lyons hob ab.

»Hallo?«

Es knackte in der Leitung, dann kam summend das Amtszeichen. Lyons legte auf.

Es war Zeit. Er blickte ins Schneetreiben hinaus. Kein sanfter, weihnachtlicher Flockenfall, sondern ein eisiger Schneesturm.

Lyons ging zum Schrank und nahm einen großen und einen etwas kleineren Lederkoffer heraus. Dann stieg er in den Keller hinunter. Er holte seinen Überseekoffer aus dem Abstellraum und hievte ihn die Treppe hinauf zu seiner Wohnung. Dort wischte er mit einem feuchten Tuch den feinen, weißen Staub ab.

Er nahm Stapel gefalteter Wäsche aus seiner Kommode und legte sie auf die Couch. Dann machte er sich daran, den Überseekoffer und die beiden Lederkoffer zu packen.

Um Viertel vor zehn klingelte das Telefon. Lyons hob ab.

»Hallo?« Knack. »Hallo?«

Er legte wieder auf. Er blickte auf die langsam tickende Wanduhr. Noch sieben Stunden und vierzehn Minuten. Dann ab.

Eilig begann er die Papiere durchzugehen, die sich in seinem Schreibtisch angesammelt hatten. Schnell. Schnell. Er blätterte in Fleagles Tagebuch. Wie lange war das her? Zehn Jahre? Fünf Jahre? Zwölf Tage? Erst zwölf Tage. Und es gab keinen Weg zurück.

Er warf das Buch auf die Couch. Dann die Übertragung und die Notizen, die er sich bei seinen Anrufen auf der Suche nach dem richtigen Fleagle gemacht hatte. Er blätterte in den Papieren aus Ozzie New York Avenues Schreibtisch. Charlies Wäscherei. Er ließ sie in einem Haufen in den Papierkorb fallen. Dann die Unterlagen von Pell, die Brieftasche, die grünen Geldscheine. Er holte eine braune Tüte aus dem Küchenschrank und öffnete sie.

Das Telefon läutete wieder. Lyons blickte auf die Wanduhr. 22.14 Uhr. Er hob den Hörer ab und hielt ihn stumm ans Ohr.

Nach einem Moment wurde aufgelegt. Er legte ebenfalls auf und ging zum Fenster. Alles war von Schnee bedeckt. Die Straße war leer.

Das Telefon klingelte wieder. Lyons sah auf die Uhr. 22.15 Uhr. Er hob ab und lauschte.

»Dan? Dan?«

»Ja?«

»Ich bin es, Joe. Hast du dauernd bei mir angerufen?«

Der Wohnblock war riesig – an die zweihundert Meter lang. Der Keller, ein Gewirr aus endlosen Gängen, durch die sich Drähte und Rohre zogen, war wie der Bauch eines Schiffes. Er war blitzsauber. Nirgends ein Staubkörnchen. Frisch gestrichen die Wände und der Boden.

Lyons folgte einer langen Kette von Deckenlampen im Hauptkorridor. Er hörte nur das Hallen seiner eigenen Schritte. Mehrmals blickte er über die Schulter zurück, dann blieb er stehen und lauschte. Von ferne kam das gedämpfte Brummen eines Generators oder eines Heizungsofens, ein monotones, beinahe unhörbares Geräusch. Und Stille war da. Er blickte einige Sekunden durch den langen Korridor hinter sich. Der blieb leer.

Am Ende des Ganges stieß er auf eine Tür mit dem Schild ›Müllbrenner‹. Er ging hinein. Die Tür schloß sich leise hinter ihm.

Es war sehr warm in dem Raum, und es roch schwach nach Abfall. Reihen leerer Tonnen standen an der Wand. Aus einem Schlauch stiegen schwache Rauchfäden auf. In der Backsteinmauer war eine Tür mit einem dicken Glasfenster.

Er blickte durch das Fenster auf die Reihen von Gasbrennern, Flammenzungen, die durch einen Berg weißer Asche emporzuckten. Er öffnete die Tür und warf die Tüte in den Brenner und schlug die Tür wieder zu. Während er durch das Fenster blickte, fing die Tüte Feuer und ging in Flammen auf wie trockenes Holz. Langsam, wie Papier unter Wasser, faltete sich die Tüte auseinander. Einzelne Stücke wurden zu weißer Asche und schwebten davon. Die inneren Papiere flammten auf und verkohlten. Pells Geld brannte eifrig. Die Gasflammen verzehrten alles, hinterließen nur feine, weiße Asche. Und aus der Asche ragte Pells Brieftasche. Sie brannte mit einer intensiv blauen Flamme, bog sich, öffnete sich wie eine Muschel, wurde dünner. Ihre Ränder wurden zuerst vom Feuer verzehrt. Als sie aufhörte zu brennen, war sie nur noch ein zerknittertes Blatt grauer Asche in einer Mulde weißer Asche.

Lyons öffnete die Korridortür und lauschte. Dann schritt er durch den Gang zurück. Er sah auf die Uhr. 23.25 Uhr. Nur noch sechs Stunden und fünfunddreißig Minuten. Er beeilte sich – um vor dreiviertel zwölf wieder in seiner Wohnung zu sein. Tylers Plan war albern. Aber Lyons hatte zugestimmt mitzumachen.

Er stieg vom Keller zur Straße hinauf. Über fünf Zentimeter Schnee bedeckten jetzt den Boden, und es schneite weiter, in dikken Flocken. Während er durch den Pulverschnee watete, hielten seine Augen unentwegt nach verdächtigen Bewegungen Ausschau. Seine Augen suchten jede Türnische, jeden Schatten unter den Straßenlampen ab.

Wenn jemand ihm gefolgt war, dann hatte er erstklassige Arbeit geleistet.

Lyons bog um die Ecke und eilte die Straße hinunter zu seiner Wohnung. Er drückte das schmiedeeiserne Gitter auf und trat ein. Dann schloß er die Tür zum Vorraum auf und schlug sie von außen wieder zu. Er stand unter der Treppe und wartete lauschend.

Die Stadt war still. Er war allein mit dem leisen Rauschen der fallenden Flocken. Er wartete noch eine Weile. Dann ging er zum Geländer hinauf und spähte die Straße entlang. Sein Blick wanderte von Türnische zu Türnische, von Auto zu Auto, von Schatten zu Schatten. Dann drehte er sich um und blickte in Vinnie Reeces dunkle Fenster hinein.

Befriedigt schloß er die untere Haustür auf und trat in den Flur. In seiner Wohnung begann das Telefon zu läuten. Er sperrte die Tür rasch auf und hob ab.

»Lyons?«

»Ja.«

»Basche. Welche Zeit hast du?«

»Achtzehn Minuten vor.«

»Richtig. Ich auch. Bist du soweit?«

»Moment«. Er zog den Reißverschluß seines Anoraks auf und warf die Windjacke auf einen Stuhl. Dann nahm er das Telefonbuch von Brooklyn zur Hand. »Welche Seite?«

»Gleich die erste. Fang gleich beim ersten Namen an.«

»Bei Aaron, Able A.?«

»Ja.«

»Okay. Aaron Able A., acht – eins – vier Albemarle Road.«

»Aaron, Arhtur K., drei – fünf – null – fünf, Avenue L«, erwiderte Basche.

»Aaron, Eliot P., eins – null – acht – zwei East Achtundzwanzigste Straße«, las Lyons.

Als sie die letzte Eintragung am Ende der Spalte gelesen hatten, sagte Basche: »Ich habe vierzehn vor zwölf.«

»Ja. Lies den nächsten Namen.«

Abwechselnd leierten sie die Namen bis zum Ende der zweiten Spalte herunter.

»Sechs Minuten vor«, sagte Lyons.

»Okay. Leg auf. Ruf dann Tyler an. Ich warte.«

Lyons drückte auf die Gabel, wählte dann Tylers Nummer. Der meldete sich beim ersten Läuten.

»Ja.«

»Ich bin's. Lyons.«

Es kam genau wie gedacht. Punkt Viertel vor rief jemand bei mir an und legte auf. Hast du da mit Basche gesprochen?«

»Ja. Wir haben gemeinsam im Telefonbuch gelesen.«

»Das ist der Beweis. Jemand will uns mürbe machen. Ich rufe jetzt Basche an und melde mich später wieder bei dir.«

Lyons machte sich wieder über den Überseekoffer her.

Es war genau Mitternacht, als das Telefon wieder läutete. Lyons hob ab und wartete. Keine Stimme meldete sich. Lyons wartete. Eine volle Minute geschah gar nichts. Dann knackte es, die Verbindung war unterbrochen.

Noch vier Stunden und neunundfünfzig Minuten.

Um 0.10 Uhr klingelte das Telefon.

»Joe hier. Ich habe eben mit Roger gesprochen. Wir sind der Meinung, daß der Bursche uns zusammentreiben will wie drei Affen in einen Käfig. Wir finden beide, daß wir bis zum Morgen getrennt bleiben sollen. Dann können wir uns treffen und den nächsten Zug planen.«

»Du meinst, solange du in deiner Wohnung bleibst, kann er dich nicht kriegen?«

»Ja. Genau. Wenn es ihm gelingt, uns aufzuscheuchen, dann kann er uns schnappen.«

»Hast du Punkt Mitternacht mit Roger gesprochen?«

»O ja. Warum? Du hast einen Anruf bekommen?«

»Richtig. Genau um Mitternacht.«

»Na bitte, was brauchen wir da noch mehr Beweise?«

»Ich brauche gar keine. Vergiß nicht, daß wir beide es waren, die Roger zu überzeugen versuchten. Er meinte, ich hätte den Boden da oben abgezogen.«

»Ja. Hm. Auf jeden Fall brauchen wir für den Rest der Nacht einen Plan«, sagte Tyler.

Lyons seufzte. »Das reicht nicht. Wir brauchen einen Plan, wie wir herausfinden können, wer uns im Nacken sitzt.«

»Okay. Was?«

Lyons dachte einen Moment nach.

»So auf Anhieb fällt mir nichts ein. Laß mich überlegen.«

»Okay. Inzwischen werde ich dich und Roger von jetzt an jede halbe Stunde anrufen.«

»Ich habe einen besseren Vorschlag. Wir melden uns einfach nicht mehr, wenn das Telefon klingelt.«

»Hm. Interessant. Auf diese Weise wird unser Freund nicht wissen, ob wir zu Hause sind oder nicht. Schön. Machen wir es so. Ich sage Roger Bescheid. Und ich rufe dich – warte mal. Wie wäre es um sieben?«

»Abgemacht.«

»*Ciao*. Schlaf gut.«

Lyons packte weiter.

Um 0.30 Uhr sah er auf die Uhr. Noch vier Stunden und dreißig Minuten. Zweihundertsiebzig Minuten. Er klappte den Überseekoffer zu. Dann packte er den größeren Lederkoffer. Um 0.45 Uhr läutete das Telefon. Er saß mit einem halbgefalteten Hemd auf der Couch und starrte auf den Apparat. Es war, als streckten sich Arme in sein Zimmer, nach seinem Hals aus. Das Telefon läutete wieder. Er legte das Hemd hin und wartete. Es läutete ein drittes Mal. In der Stille des Zimmers klang es laut. Beängstigend.

Es klingelte ein viertes Mal. Und ein fünftes. Und ein sechstes Mal. Dann war Schluß. Es hörte auf zu läuten. Das Zimmer sank wieder in Stille. In eine kalte, unheilschwangere Stille.

Lyons fragte sich, wieviel Zeit er noch hatte.

Um 1.00 Uhr hatte er sich rasiert, geduscht und warm angezogen. Er war beinahe startbereit. Er zog die Jalousien vor seinen Fenstern herunter.

Er machte sein Bett. Dann holte er zwei große Badetücher und zwei Sofakissen heraus. Er kramte in einer Schachtel in seinem Schrank und fand die Karnevalsmaske mit der Perücke, die er gesucht hatte.

Mit raschen Händen formte er jetzt auf dem Bett einen Körper und ausgestreckte Beine. Er legte die Maske, mit Waschlappen ausgestopft, auf das Kopfkissen und bedeckte dann die Gestalt mit der Bettdecke. Unzufrieden riß er die Decke wieder weg und formte die Gestalt neu. Sieben Versuche waren notwendig, bis die Gestalt einigermaßen natürlich aussah. Endlich zufrieden, bedeckte er sie mit der Decke, so daß nur noch ein Stück der Perücke auf dem Kopfkissen sichtbar war.

Er zog die Jalousien wieder hoch und ging hinaus und blickte die Straße entlang. Es war kälter geworden, und das Schneetreiben hatte sich verdichtet. Der Schnee lag sieben Zentimeter hoch.

Lyons spähte durch sein Fenster in die Wohnung. Sehr gut. Es sah so aus, als schliefe auf der Couch ein Mensch. Als schliefe Dan Lyons auf der Couch.

1.30 Uhr. Noch dreieinhalb Stunden. Der erwartete Anruf des Geheimnisvollen um 1.15 Uhr war ausgeblieben. Was mochte das bedeuten?

Lyons kehrte in seine Wohnung zurück. Er fröstelte.

Um 1.45 Uhr knipste er alle Lichter aus und wartete. Die Straßenlampe malte zwei verzerrte Rechtecke auf den Boden. Schwache, kaum sichtbare Schatten treibender Schneeflocken huschten über den Teppich.

Ein Auto näherte sich. Er konnte das gedämpfte Brummen des Motors hören. Die Scheinwerfer tauchten die schneebedeckten Wagen, die am Bordstein parkten, in hellen Schein. Als es näher kam, flutete Helligkeit in die dunkle Wohnung. Er hörte das rhythmische Quietschen der Scheibenwischer. Als der Wagen vorübergefahren war, kehrte wieder Stille ein.

1.50 Uhr. Der geheimnisvolle Anrufer hatte sich wieder nicht gerührt. Was konnte das bedeuten? Rate einmal. Er wollte, daß sie sich nicht mehr meldeten, so daß er sie der Reihe nach fassen konnte, einen nach dem anderen. Im Laufe der Nacht, wenn sie nicht miteinander in Verbindung standen. Und sie taten genau das, was er wollte.

Es war aber auch genau das, was Lyons wollte.

Um 2.15 Uhr erwachte er. Er war, auf dem Boden an der Wand sitzend, eingeschlafen. Sein Herz hämmerte. Sein Körper war schweißnaß, seine Hände waren zu Fäusten geballt.

Mit steifen Gliedern und brennenden Augen hievte er sich in den Polstersessel und blickte müde hinaus in den Schneesturm.

In seinem Alptraum hatte er wieder Fleagle erschossen, wieder den Rückstoß des Gewehrs gespürt, die unzureichende Befriedigung vollbrachter Rache. Er hatte wieder in den schrecklichen Spalt der Unendlichkeit geblickt, der durch eine unwiderrufliche Handlung aufgerissen worden war. Mord.

Er hatte wieder auf den Abzug gedrückt. Und sich wieder von der Rasse der Menschen abgesondert. Vorsätzlicher Mord.

2.15 Uhr. Zwei Stunden und fünfundvierzig Minuten.

Er erwachte. Plötzlich. Voller Angst.

Er hob den Kopf aus dem gepolsterten Sessel und blickte sich im dunklen Zimmer um. Schnee – schwerer Schnee – prallte gegen die beiden Fenster seiner Souterrainwohnung, wurde von dünner, kalter Luft durch das Fenstergitter gedrückt. Schwarze Schneeschatten, von der Straßenlampe geworfen, glitten die Scheiben hinunter. Und über den Teppich.

Etwas Unheilvolles. Etwas Unerklärliches, das ihn warnte. Er ließ sich eilig von dem Polstersessel fallen, rollte auf den Boden und kroch in die dunkle Ecke neben der Wohnungstür, weg vom bleichen Licht der Straßenlampe.

Die alte Uhr in ihrem Holzgehäuse tickte unerbittlich. 3.40 Uhr. Noch anderthalb Stunden. Unter dem Fenster hoben sich massig seine Koffer ab.

Seine Augen befanden sich genau auf der Höhe des Bürgersteigs. Er spähte angespannt durch das Gitter, durch das schmiedeeiserne Geländer dahinter, durch die dicht fallenden Flocken zur Straße.

Die Straße wurde langsam ganz vom Schnee überdeckt.

Dann erlosch die Straßenlampe. Plötzlich und geräuschlos.

Er kroch hastig zum Fenster und drückte sich an die Wand. Formlose Schwärze stieg langsam über das Geländer und zu seinem Fenster hinauf. Eine Gestalt? Ein Geist? Eine Rauchwolke? Vor seinem Fenster.

Das Mündungsfeuer schoß im selben Moment auf, als die Fensterscheibe splitterte und die Bettcouch unter Schrothagel ächzte. Ein widerlicher Geruch nach Schießpulver wälzte sich mit der eisigen Luft ins Zimmer. Der zweite Schuß war lauter, ohrenbetäubend. Unmittelbar über seinem Kopf. Schrotkörner klirrten im Zimmer, wühlten die Couch auf, zerbröselten den Putz der Wände.

Mit einem scharfen, metallischen Knacken öffnete der Schütze seine Flinte, nahm die leeren Hülsen heraus, lud neu.

Der Schütze feuerte wieder. Aus der Flinte jagte eine neue Ladung in die Couch, wühlte sie zu einem wogenden Meer von Baumwollwatte auf. Er preßte sich verzweifelt an die Wand und kämpfte gegen das beinahe unwiderstehliche Bedürfnis zu husten an.

Der Schütze befand sich unmittelbar oberhalb seines Kopfes außerhalb der Vergitterung. Schnee wehte ins Zimmer, fiel auf ihn, durchkühlte ihn, legte sich beißend auf seine bloßen Füße. Er hörte, wie eine behandschuhte Hand eine Stange des Gitters umfaßte. Augen mußten jetzt das Zimmer durchschweifen, die blutüberströmte, in Fetzen gerissene Leiche auf der Couch suchen.

Er sagte ein stummes Gebet, während er am ganzen Körper zitterte und darauf wartete, daß ein neuerlicher Schuß ihm den Kopf zerfetzte.

Weg! Der Schütze war weg, verschwunden über das Geländer. Der Klang seiner Schritte, die im Schnee knirschten, wurde leiser. Die Welt war erfüllt vom weichen, schwebenden Fall der Schneeflocken – und von dem majestätischen Ticken der Uhr.

Er hockte in der Dunkelheit und wartete – wartete, bis die Uhr die Viertelstunde schlug. Er zitterte, und ihm war immer noch übel von der entsetzlichen Angst. Er spürte, wie der Schnee auf kalter Luft ins Zimmer trieb.

Er stand auf und spähte aus der Dunkelheit auf die Straße hinaus. Die Fußabdrücke waren bleiche, graue Flecken im klaren, weißen Schnee in einer phosphoreszierenden weißen Welt, die von einer fernen Straßenlampe erleuchtet wurde. Fußabdrücke, die zu seinem Fenster führten und wieder weg von ihm.

Er ging zum Telefon. Flüchtig riß er ein Streichholz an und wählte im Licht des Flämmchens. Er hörte es läuten. Und läuten. Und wieder läuten. Fünfmal.

»Hallo.«
»Du hast gefehlt.«
»Wie?«
»Jetzt bin ich an der Reihe. Geh nicht weg.«
»Wie?«
Er legte auf.

15

Lyons wählte wieder. Er ließ es dreimal läuten, drückte auf die Gabel, wählte von neuem. Als es dreimal geläutet hatte, drückte er wieder auf die Gabel und wählte ein drittes Mal.

Beim zweiten Läuten wurde der Hörer abgenommen.

»Hallo«, sagte Joe Tylers Stimme.

»Dan Lyons hier, Joe. Es hat nicht funktioniert.«

»Was? Was hat nicht funktioniert?«

»Basche hat gerade meine Wohnung in Fetzen geschossen. Meine Couch sieht aus wie eine Baumwollfabrik.«

Tyler seufzte. »Bist du sicher? Bist du ganz sicher, daß es Basche war?«

»Absolut sicher.«

»Mist.« Tyler seufzte wieder. »Wie hat er es gemacht? Ich

meine, du hast doch mit ihm telefoniert, als bei mir das Telefon läutete.«

»Vielleicht zwei Apparate. Er hat mich angerufen – nicht ich ihn. Weiß der Himmel, von wo aus er telefoniert hat.«

»Weißt du, wo er jetzt ist?«

»In seiner Wohnung. Ich habe eben dort angerufen. Ich sagte ihm, daß ich ihn mir schnappen würde. Schließ du also besser deine Wohnung ab.«

»Warum?«

»Es ist gut möglich, daß er zu dir kommt, um dich fertigzumachen.«

Schnee tropfte von der Windjacke und den Stiefeln. Roger Basche stand mit verschiedenen Munitionsschachteln am Küchentisch. Behutsam legte er die Schrotflinte wieder in ihren Kasten. Dann klappte er eine eckige, lederbezogene Schachtel auf und entnahm ihr eine Pistole.

Er hielt sie in der rechten Hand, drehte und wendete sie, umfaßte sie wie zum Schuß.

Er hob den Deckel von der Schachtel, die Munition für die Pistole enthielt, und nahm mit schnellen Fingern eine Handvoll Patronen heraus. Er ließ sie in eine Tasche seiner pelzgefütterten Windjacke gleiten. Er öffnete den Reißverschluß der Jacke und steckte den langen Lauf der Pistole in eine halfterförmig geschnittene Tasche im Futter des Mantels.

Als nächstes ging er zu seiner Hausbar im Wohnzimmer und nahm eine Taschenflasche heraus. Die steckte er in eine Innentasche seiner Jacke. Aus dem Schrank bei der Wohnungstür holte er seinen Feldstecher und hängte ihn sich unter der Jacke um den Hals. Aus einem Holzkasten nahm er eine Schneebrille und eine gelbe Nachtbrille.

An der Tür drehte er sich noch einmal um. Er blickte auf das Telefon und auf den Sessel in seinem Schlafzimmer, in dem er den größten Teil der Nacht verbracht hatte.

Irgendwann nach 1.30 Uhr war er in dem Sessel eingeschlafen und hatte geträumt. Hatte von seinem Jagdrevier geträumt – jenem verdorbenen Stück Land, das er bewußt nie wieder betreten würde.

Im Schlaf war er den steinigen Pfad entlanggeschritten, voller Zweifel, voller Widerwillen. Und er war zu denselben niedrigen Büschen gelangt – Tamarisken, nicht wahr?

Als er näher kam, hörte er hinter sich wieder das metallische Knacken des Gewehrs. Noch ein paar Schritte, und das Wild flog auf. Die Puppe! Wieder die Puppe.

Basche warf sich nieder. Er lag flach auf dem Bauch, das Gewehr erhoben, während er nach dem Gegner suchte, der ihn mit Puppen, die aufstoben wie wilde Vögel, zum Narren hielt.

Der Gegner erhob sich von einer niedrigen Sanddüne – ein Kopf, hängende Schultern, ein Gewehr.

Basche feuerte. Und als er feuerte, wußte er, wer es war. Lyons! Lyons belauerte ihn. Lyons mit der Puppe. Lyons, der ein kleines Mädchen, das auf seine Weihnachtspuppe wartete, zur Waise machen konnte. Der es ohne Skrupel tun konnte, ohne einen Blick zurück, nur von unmenschlicher Logik geleitet. Lyons war kalt – zu allem fähig. Die Gestalt versank hinter der Düne. War sie getroffen?

Basche erwachte. Für ihn bedurfte es keiner Überlegung mehr. Er hatte die Flinte herausgeholt und sich angezogen. Er war entschlossen, beide zu töten. Keine Zeugen. Keiner, der für ihn seine Sünden der Polizei beichten konnte. Keiner, der ihn belasten konnte. Und für immer würde er dann allein die Jagdreviere durchstreifen.

Wagen 172 rollte langsam durch die Remsen Street. Die Strahlen seiner Scheinwerfer wurden von windgepeitschten Schneeflocken durchschlagen, und die Scheibenwischer brummten monoton.

Am Armaturenbrett knisterte und knackte die Polizeifunkanlage.

Wagen 172 hielt vor dem alten Haus an, und der Polizeibeamte stieg aus. Er ließ den Motor laufen und die Tür offen, während er über den Bürgersteig eilte und das schmiedeeiserne Gitter überstieg.

Mit einer Taschenlampe erforschte er das Innere von Lyons' Wohnung. Er drückte das Gesicht an die Gitterstangen vor dem Fenster und blickte auf die Couch und die herausquellende Baumwollwatte. Warme Luft aus dem Heizkörper wehte durch die zerbrochene Scheibe und berührte sein Gesicht. Auf dem Teppich lag ein schmaler Schneestreifen. Er blickte wieder auf das Bett, ließ dann die Augen durch den Raum schweifen. Die Wohnung war leer.

Er trat zurück, überstieg das Geländer, setzte sich wieder in seinen Wagen. Langsam fuhr er in Richtung Court Street davon.

Joe Tyler hatte Angst.

Er hatte das Gewehr aus dem Schrank geholt. Es lag auf dem Bett. Er kramte in seinem Schrank nach warmen Kleidern – Pullover, Mütze, Anorak, Handschuhe, Gummischuhe.

Er war erfüllt von Haß gegen sich selbst. Sein Leben lang ein Pfuscher. Untüchtig. Ein Versager.

Sie waren ruiniert. Alle drei waren sie ruiniert. Er hatte ihre Freundschaft zerstört, die beiden Männer verloren, die er am meisten bewunderte. Er war stolz darauf gewesen, mit ihnen befreundet zu sein. Zwei vollkommen unterschiedlich geartete Männer.

Seine Schuld. Doch es war ihm so richtig erschienen. Denn wie sonst kann ein Mensch, der in seiner eigenen Stadt Freiwild ist, die Sicherheit und das Vertrauen wiederherstellen, die lebenswichtig sind zur Aufrechterhaltung eines zivilisierten Miteinander, wenn nicht durch die Zerstörung der Raubtiere, die mordlustig durch die Straßen streichen?

Zum Teufel mit alledem.

Er mußte hinaus aus dieser Wohnung, in der er sich vorkam,

als hocke er in einem Goldfischglas. Vom Dach gegenüber konnte man in jedes Fenster hineinsehen.

Er steckte eine Schachtel Munition in seine Jackentasche.

Tyler hoffte, seine Augen würden sich nicht mit Tränen füllen, wenn er auf Basche zielte.

Basche fuhr durch die dunklen Straßen von Brooklyn. Wieder einmal von Lyons überlistet. Drei Schüsse auf Kernschußweite. Er hätte das Straßenlicht nicht auslöschen sollen. Zu dunkel, um das Bett zu sehen.

Er klappte das Handschuhfach auf und entdeckte eine Taschenlampe. Verdammt! Damit wäre alles anders gekommen. Er schob sie während des Fahrens in seine Jackentasche.

Er starrte angespannt durch die Windschutzscheibe auf die Straßenschilder. Es war, als fahre man durch einen endlosen, weißen Tunnel. Im dichten Schneetreiben konnte man kaum ein paar Meter weit sehen.

Basche schüttelte verbittert den Kopf. Wenigstens würde Lyons Tyler nicht warnen können. Tyler würde auf keinen Fall vor sieben Uhr morgens ans Telefon gehen.

Schnell. Schnell. Sicherheit durch Schweigen. Beide mußten zum Schweigen gebracht werden.

Basche sah auf seine Uhr. 4.15 Uhr. Es würde noch lange genug dunkel bleiben.

Er stellte seinen Wagen einige Straßenzüge entfernt von dem Mietshaus ab, in dem Joe Tyler wohnte. Er öffnete die Tür und stieg aus.

In dichten Flocken fiel der Schnee durch die Lichtkegel der Straßenlaternen. Es war kälter geworden, und der Wind blies rauher.

Basche setzte die Schneebrille auf, band die pelzgefütterte Kapuze unter dem Kinn und knöpfte die Mund- und Nasenmaske zu. Er zog seine Lederhandschuhe an und eilte mit langen Schritten vorwärts.

Der Schnee unter seinen Füßen war pulverig und glatt. Die langen Schritte waren gefährlich. Er begann kurze, eilige Schritte zu machen, während er der Tür des Mietshauses zustrebte.

Seine Augen durchforschten die leeren Straßen. Immer wieder blickte er über die Schulter zurück. Er hastete durch eine Seitenstraße zur nächsten Kreuzung. Im Schatten stehend, blickte er an dem Mietshaus hinauf, bis er Tylers Fenster gefunden hatte. Sie waren dunkel.

Er rannte zurück durch die Seitenstraße zu einer Gasse und watete durch den Schnee in der Gasse zum Rückgebäude des Hauses, das Tylers Fenstern gegenüberlag.

Er blickte auf die eiserne Feuertreppe, die sich an dem Gebäude hochzog. Die freitragende Treppe konnte nur durch das Gewicht eines vor Feuer fliehenden Hausbewohners zum Boden hinuntergesenkt werden. Basche blickte hinauf. Zu hoch. Er sah auf die diagonalen schmiedeeisernen Streben, die in die Backsteinwand eingelassen waren. Er sprang und berührte eine. Er sprang noch einmal, seine Hand umschloß das Metall, rutschte ab. Beim dritten Sprung umklammerte er sie fest und zog sich hoch. Er brachte seinen Körper zum Schwingen und hängte ein Bein über die Strebe. Mit einem Arm griff er in die Höhe und berührte die unterste Stufe der Feuertreppe. Er umfaßte sie fest und schwang sich von der Strebe weg.

Sein Gewicht zog die Treppe zum Boden hinunter, und er kletterte eilig hinauf.

Sechs Stockwerke bis zum Dach. Basche war sich der Gefahr bewußt, während er kletterte. An den Sohlen seiner Stiefel bildeten sich Schneeklumpen, die auf den Metallstufen rutschten. Seine Handschuhe glitten ohne Halt über die Eisenstangen des Geländers. Ein Ausrutscher, und sein eigenes Gewicht würde ihn in die Tiefe ziehen, da seine Hände keinen festen Halt fanden. Außerdem mußte er an den Schlafzimmerfenstern sämtlicher Wohnungen vorbei, die nach hinten hinaus lagen.

Ein Anruf genügte, und die Polizei würde das Gebäude umstellen.

Basche kletterte ganz langsam, setzte mit größter Vorsicht einen Fuß über den anderen. Im dritten Stock spürte er die Anstrengung in den Muskeln seiner Schenkel. Im vierten Stock atmete er keuchend, und im fünften Stock begann er zu schwitzen.

Im sechsten Stock zitterten ihm die Knie. Er blieb stehen und blickte auf die Eisenleiter, die zum Dach hinaufführte. Die Sprossen waren nur dünne Eisenstangen.

Einen Moment lang verließ ihn der Mut. Er war nicht in Kondition. Seine Stiefel waren nicht dazu gemacht, vereiste Eisensprossen zu erklimmen.

Er wandte den Kopf und blickte in die Tiefe. Spärlicher Lichtschein erhellte die Schneedecke unten. Wenn er auf der Leiter einen Muskelkrampf bekam oder wenn er ausrutschte, dann war er ein toter Mann.

Basche holte tief Atem und stellte seinen rechten Fuß auf die unterste Sprosse. Dann hob er den linken Fuß und begann zu steigen. Unter dem Zittern seiner Beine wackelten seine Füße auf den Sprossen hin und her. Er verließ sich jetzt mehr auf seine Arme, die ihn hochzogen. Die Innenseite seiner Maske war durchnäßt vom keuchenden Atem.

Als sein Kopf über den Rand des Daches ragte, überblickte er forschend das flache Dach. Eine blinde, amorphe weiße Welt. Er sah zum Dachsims hin. Gerundete, braune Schindeln. Rutschig. Er zwang sich, den Kopf zu wenden und hinunterzublicken. Die Gasse schien weit, weit weg. Er wollte nur von der Leiter herunter, auf das Dach hinauf. Er stieg noch zwei Sprossen weiter, dann drei und zog sich über das glitschige Sims.

Dann blieb er liegen, um sich zu orientieren. Zu seiner Rechten befand sich ein Backsteinaufbau – der Liftschacht. Ein zweiter, ähnlicher Aufbau, aber kleiner und näher, beherbergte den Schacht des Warenaufzugs. Jenseits, weiter links, eine dunkle Stelle, die ein Luftschacht sein konnte.

Basche stand auf und ließ sich sogleich flach in den Schnee fallen. Etwas war an seinem Kopf vorbeigepfiffen. Wirklich? Sein Gehör war beeinträchtigt durch die dicke, pelzgefütterte Kapuze, und der Schnee prallte geräuschvoll gegen seine Schneebrille. Er war nicht sicher. Und doch . . .

Er überlegte. Ja, er hatte es gehört. Ein Pfeifen an seinem rechten Ohr. Eine Gewehrkugel. Lyons? Tyler? Wer?

Auf dem Dach war kein Licht. Die Ränder das Daches wurden schwach vom Schein der Straßenlampen erhellt.

Er ließ den Blick über die Silhouette der Stadt schweifen und fand die Verrazano Bridge. Er kroch nach links, so daß sich der Rand des Lichtschachts zwischen ihn und ein fernes Licht der Verrazano Bridge schob. Er wandte den Kopf und musterte den Aufbau des anderen Aufzugschachts. Unwahrscheinlich. Zu klein. Außerdem war der Schuß an seinem rechten Ohr vorbeigesaust, und dieser Bau befand sich zu seiner Linken.

Er konzentrierte seine Aufmerksamkeit auf den größeren Bau des Personenliftschachts. Während er ihn beobachtete, drehte er sich auf die Seite und öffente seine Jacke. Er holte die langläufige Pistole heraus. Langsam zog er den Reißverschluß wieder zu. Dann streifte er einen Handschuh ab und kramte in der Tasche nach den Patronen. Seine Finger nahmen eine heraus und schoben sie in die Pistole. Als er geladen hatte, zog er den Handschuh wieder an, krümmte den lederbekleideten Abzugsfinger und hob sich auf beide Ellbogen hoch.

Er war bereit.

Etwas hinter dem Aufbau, flach liegend, beinahe jenseits der Kette der Brückenlichter. Nein? Ja. Ein Stock. Eine Kugel.

Es war ein Kopf. Er bewegte sich. Suchte. Jetzt kam der Oberkörper, schien aus der Seitenwand des Schachts herauszuwachsen. Etwas Menschliches. Dann war die Gestalt verschwunden.

Es war bestätigt. Jemand hatte auf ihn geschossen. Er wartete, flach im Schnee liegend, spürte, wie Schneeflocken auf ihn herunterfielen und ihn zudeckten.

Er wartete. Jetzt erschien der Kopf auf der anderen Seite des Gebäudes – links. Die Hintergrundbeleuchtung war besser. Basche konnte den Kopf erkennen, eine Schulter, den gebeugten Arm und eine Waffe – vielleicht ein Gewehr. Er wartete noch einen Moment.

Blinzelnd, suchend, geduckt bewegte sich die Gestalt an der Wand des Schachtaufbaus entlang. Basche hob die Unterarme. Er umklammerte sein rechtes Handgelenk mit der linken Hand. Er hielt den Pistolenlauf vor sein rechtes Auge. Er blinzelte und zielte. Und drückte langsam den Abzug.

Die Gestalt zuckte zusammen und fiel torkelnd gegen die Wand. Sie trat einen Schritt weg, als wollte sie sich in feierlicher Begrüßung vor der Wand verneigen. Dann sank sie langsam zusammen, rollte auf den Bauch, zog die Beine an, das Gesicht in den Boden gedrückt wie ein Moslem im Gebet.

Basche zog seinen Handschuh aus, kramte noch eine Patrone heraus, steckte sie ins Magazin. Er streifte den Handschuh wieder über, stützte sich auf die Ellbogen und zielte. Diesmal auf den Kopf.

Basche lud die Pistole noch einmal. Er wartete noch einen Augenblick, dann stand er auf. Vorsichtig machte er drei Schritte vorwärts, die Augen unverwandt auf die liegende Gestalt gerichtet. Er zog die Taschenlampe heraus, knipste sie an und richtete den Strahl auf die Gestalt.

Joe Tyler. Eindeutig. In einem Anorak, eine Strickmütze auf dem Kopf. Er lag auf dem Rücken über seinem Gewehr.

Basche beugte sich vor, um Tyler ins Gesicht zu sehen.

Da detonierte in seinem Kopf eine Bombe, und Roger Basche brach zusammen. Er war tot, noch ehe er auf das Dach aufschlug.

Der Mann auf der Feuerleiter zog den Arm zurück, der die Polizeipistole hielt. Auf den Eisensprossen stehend, steckte er die Pistole in das Halfter unter seinem schweren Polizeimantel. Dann begann er den Abstieg. Wagen 172 stand in der Gasse.

16

5.00 Uhr morgens. Alles wartete.

Pier 11 in Brooklyn lag unter fünfzehn Zentimetern Schnee. Der Pier und das Schiff waren eine Lichtoase in einer finsteren, arktischen Welt.

Unter dem Pier gurgelte das Wasser, das, der Ebbe folgend, in langen, schaukelnden Wellen zum Meer zurückwich.

Ein dick vermummter Matrose fegte den Schnee von der Gangway ins plätschernde Hafenwasser. Ein zweiter kehrte den Schnee von den Decks und den Leitern, die zur Brücke führten.

Kapitän Frank Noto blickte durch das Brückenfenster des italienischen Frachters ›Rochine‹ ins Schneetreiben hinaus. Stirnrunzelnd sah er dann auf den Schiffschronometer und seufzte.

»Spät«, sagte er. »Verdammt.«

Er beobachtete die Straße am Ende des Piers.

Unten in der Kabine hatte Dan Lyons seinen kleinen Koffer ausgepackt. Nur vier Passagiere, ihn selbst mitgerechnet, befanden sich an Bord. Er sah sich in der Kabine um, blickte auf die beiden Betten, von denen eines leer bleiben würde. Er beschloß, an Deck zu gehen, um das Auslaufen des Schiffes mitzuerleben.

Er schlüpfte in seinen dicken Wintermantel und ging zur Tür. Er zögerte, drehte sich um und zog eine Schublade auf. Unter einem Stapel Unterhemden holte er ein Paket weißer Karten hervor, das mit einem Gummiband zusammengehalten war.

Sein Daumen glitt an den eng gebündelten Karten entlang. Er seufzte und schob die Karten in eine Innentasche.

Dann trat er hinaus aufs bitterkalte Deck, das von den Gangwaylichtern bleich erleuchtet war. Hier drang ihm das Dröhnen eines Nebelhorns brüllend in die Ohren.

Der Schlepper lag abseits vom Heck des Frachters im Buttermilk Channel, und seine 45 000-PS-Maschinen klopften wie ein Menschenherz. Der Schlepper war von einer Kette von Lichtern erleuchtet, die ihn aus der Schwärze der Bucht heraushoben. Wieder stieg ein ohrenbetäubendes Dröhnen aus seinem Nebelhorn auf. Seine Schrauben hielten ihn mühelos gegen die stärker werdende Strömung, die zum offenen Meer hinaustrieb, an Ort und Stelle.

Der Kapitän blickte wieder auf den Chronometer und wieder zum Quai. Er nickte Lyons durch das Brückenfenster streng zu und drehte sich um.

Lyons schritt langsam das Stahldeck entlang, in seinen Wintermantel vermummt, den Kopf von Schnee bedeckt. Er senkte den Kopf und dachte an Tyler und Basche.

Er fühlte sich wie ein Paria, ein verfluchter Wanderer, der rastlos umhergetrieben wurde. Ein Mörder, ein Unreiner, einer, der seine Freunde in Zeiten der Not im Stich ließ.

Aber es war vorbei. Ganz vorbei. Er konnte nichts mehr tun, er hatte keinen Grund zu bleiben. Der dünne Faden, der Freunde aneinander band, war gerissen.

Basche war völlig aus den Fugen geraten. Sonderbarerweise war es gerade der leidenschaftliche Jäger, der geschickte Wildtöter, der mit der Jagd auf das höchste Wild nicht fertiggeworden war.

All diese Verschwendung und Verheerung menschlichen Lebens, ausgelöst durch den Kreuzzug, den versehentlichen Mord an einem Verbrecher zu rächen. Der Mensch bekommt das, was er verdient. So sagte Teresa Raphael, Doktor der Theologie, Erdphilosophin. Eine Frau, die wußte, was gespielt wurde.

Lyons zog die Hand aus der Tasche und sah auf seine Armbanduhr. 5.25 Uhr. Er wandte dem jagenden Schnee den Rücken zu und blickte zur Brücke hinauf. Der Kapitän hielt die Augen auf den Quai gerichtet. Und auch der Matrose, der die Gangway fegte, und der andere Matrose, der das Deck bearbeitete. Lyons drehte sich um und folgte ihren Blicken. Der Quai war leer.

Der alte Mann, gebrechlich und mager wie ein Skelett, stand gebeugt unter seinem dicken Wintermantel und dem wollenen Schal, der um seine Schultern gelegt war. Seine Augen, unter buschigem, weißem Haar, starrten zum wartenden Schlepper hinaus. Der Schlepper schwankte leicht in der starken Strömung, wie ein Vollblut, das rastlos tänzelt.

Die Frau, die neben dem alten Mann stand und ihren Arm durch den seinen geschoben hatte, beugte den Kopf zu ihm hinunter.

»Ja«, sagte sie. »Wir fahren. Der Kapitän sagt, wir müssen heute auslaufen. Es ist Heiliger Abend, und nirgends auf der Welt bleiben Schiffe am Heiligen Abend im Hafen. Er sagt, die täglichen Ausgaben für das Schiff belaufen sich auf fünftausend Dollar, da können sie es sich nicht leisten, an einem Feiertag im Hafen zu liegen, wenn kein Mensch da ist, um zu laden.«

Der alte Mann stellte mit heiserer Stimme eine Frage. Seine Tochter neigte den Kopf zu seinem Mund.

»O nein, Papa. Das ist Radar. Mit dem Radar kann das Schiff auch durch den Schnee sehen.«

Die Frau zog ihren Vater aus dem Wind. Ernsthaft hielt er den Blick auf den leise schwankenden Schlepper gerichtet.

Plötzlich war es da. Ein Polizeifahrzeug, das vom Quai her einbog. Sein Heck schleuderte, als die Reifen einen Moment nicht griffen. Das rote Licht auf dem Wagendach blinkte. Schnell fuhr der Wagen den Pier entlang und kam am Fuß der Gangway rutschend zum Stehen.

Ein Mann in Zivil stieg auf der Beifahrerseite aus. Er eilte um den Wagen herum zum Fahrerfenster, sprach einige wenige Worte, eilte dann die Gangway hinauf zum Hauptdeck.

Lyons beobachtete ihn aufmerksam. Sein Puls begann zu hämmern. Hatte das etwas mit ihm zu tun? Basche? Sollte Tyler gestanden haben? War ihm jemand zum Stadtbüro der Schiffahrtsgesellschaft gefolgt? Die Wohnung. Die Polizei war aufmerksam geworden.

»Schau, Papa. Die Polizei hat den Lotsen gebracht. Jetzt laufen wir aus. In spätestens zehn Minuten sind wir draußen im Kanal. Komm, gehen wir hinein. Ich kann diesen Winter nicht mehr ertragen. Gott, wird das schön werden in Italien.«

Vom Schlepper her kamen zwei kurze Nebelhornstöße.

Lyons griff in die Innentasche und nahm das Bündel Karten heraus. Er sah auf die oberste Karte nieder. Es war eine Kopie eines der Konten, die Reece in seinen Boden eingekratzt hatte. Der Name: V. Reece. Eine Kontonummer folgte. Fünf Eintragungen auf der Habenseite. Insgesamt: dreihundertachtundzwanzigtausend Dollar. Das hatte sich Vinnie Reece auf die hohe Kante gelegt. Genug für eine Villa für sich und Teresa in Italien.

Lyons zog das Gummiband von den Karten. Er blätterte sie langsam durch. Namen und Städte und Kontonummern, Einzahlungen und Auszahlungen.

Geld, das im Schnee der Alpen reingewaschen und zurücktransferiert und in legitime Unternehmen investiert worden war. Geld, über das es keine Bücher gab, nichts, was verriet, woher es stammte.

Dreiundvierzig Millionen Dollar. Der Wind riß an den Karten. Lyons ließ Vinnie Reeces Karte los. Sie flatterte davon, segelte ein Stück mit dem Wind, landete dann auf den unruhigen Wassern der Bucht. Er ließ eine zweite davonfliegen. Eine dritte. Noch eine. Dann bog er wie ein Kartenspieler beim Mischen die Karten in seiner Hand und ließ sie ins Nichts hinausschießen. Sie flatterten wie Tauben davon. Sie wurden hochgewirbelt vom

Wind, segelten durch die Luft, schwebten ins Wasser. Die Strömung trieb sie rasch in Richtung auf den Schlepper. Verweht. Fort.

Lyons hob den Feldstecher und sah zu, wie sie auf dem windgepeitschten Wasser davonhüpften. Dreiundvierzig Millionen Dollar versanken dort spurlos. Nachdenklich blickte er ihnen durch den Feldstecher nach und fühlte sich wohler.

Er nahm die Gläser von den Augen und blickte zum Quai. Der Polizeiwagen fuhr davon. Und jetzt kam ein zweiter, rollte eilig durch den immer tiefer werdenden Schnee und hielt an der Gangway an. Wagen 172.

Ein Polizeibeamter stieg aus und knallte die Tür zu. Rasch schritt er zur Gangway. Lyons richtete seinen Feldstecher auf den Kopf unter der Mütze.

Der Mann hatte glanzlose, schwarze Schlangenaugen, und von seiner rechten Schläfe zog sich über die Wange zum Hals hinunter, in den Kragen hinein, eine lange rote Narbe.

GOLDMANN TASCHENBÜCHER

Informativ · Aktuell
Vielseitig · Unterhaltend

Allgemeine Reihe · Cartoon
Goldmann Werkausgaben · Großschriftreihe
Goldmann Reisebegleiter
Goldmann Klassiker · Gesetzestexte
Goldmann Ratgeber
Sachbuch · Stern-Bücher
Grenzwissenschaften/Esoterik
Science Fiction · Fantasy
Goldmann Krimi
Regionalia · Austriaca · Goldmann Schott
ZDF-Begleitmaterialien
Goldmann Magnum · Citadel Filmbücher
Goldmann Original

Goldmann Verlag · Neumarkter Str. 18 · 8000 München 80

Bitte senden Sie mir das neue Gesamtverzeichnis

Name

Straße

Pl.Z/Ort